Lya Luft | *Exílio*

Lya Luft | *Exílio*

8ª edição

EDITORA RECORD
RIO DE JANEIRO • SÃO PAULO

2005

CIP-Brasil. Catalogação-na-fonte
Sindicato Nacional dos Editores de Livros, RJ.

       Luft, Lya, 1938-
L975e   Exílio / Lya Luft. — Rio de Janeiro:
8. ed.   Record, 2005.

       ISBN 85-01-06605-2

       1. Romance brasileiro. I. Título.

                         CDD 869.93
04-2993   CDU 821.134.3(81)-3

Copyright © 1987 by Lya Luft

Projeto de capa: Evelyn Grumach
Projeto gráfico: Evelyn Grumach e Carolina Ferman
Preparação de capa: Tatiana Podlubny
Ilustração de capa: Pintura de Lena Bergstein

Todos os direitos desta edição reservados pela
DISTRIBUIDORA RECORD DE SERVIÇOS DE IMPRENSA S.A.
Rua Argentina 171 • 20921-380 Rio de Janeiro, RJ • Tel.: 2585-2000

Impresso no Brasil

ISBN 85-01-06605-2

PEDIDOS PELO REEMBOLSO POSTAL
Caixa Postal 23.052
Rio de Janeiro, RJ — 20922-970

Para Hélio Pellegrino

"*Ah mísera estirpe de um dia, filha do acaso e da aflição, por que me constranges a te dizer o que é preferível não ouvires? A melhor coisa, não a podes alcançar: é não ter nascido, não ser, ser nada. A segunda melhor coisa para ti depois disso é — morrer logo.*"

(Sábio Sileno, em Nascimento da tragédia,
Nietzsche)

Sumário

1 | Você está cada vez mais parecida 11

2 | Como vai a Doutora? 37

3 | Ela se matara com um tiro 67

4 | As Moças me visitam 93

5 | Esta manhã a Velha não aparece 113

6 | Você, *pater dolorosus* 127

7 | Um grande vento me acorda 153

8 | Antes de pegar no sono, lembro-me da Voz 165

1 | *Você está cada vez mais parecida*

— Você está cada vez mais parecida com a Rainha Exilada — grasnou o Anão, sarcástico, empoleirado no meu criado-mudo. O abajur escorregara perigosamente para a beira.

Viro-me para escorraçá-lo do quarto; finjo coçar o rosto, enxugo a lágrima. Quem sabe ele tem razão? Não herdei a beleza dela, mas é possível que ande com aquele seu ar sonâmbulo. Ela parecia isolada de tudo como os secretos mundos dentro daqueles pesos de papel que meu pai colecionava. Precariamente ligada ao cotidiano. Na realidade, não estava conosco: vagava num outro reino, andando a esmo pela casa, sempre de copo na mão.

— Não chateia — digo, exasperada com minha própria fraqueza.

Mas ele nem está mais olhando. E que importa que me veja chorar outra vez, o monstrinho? Já deve estar acostumado.

Esqueço o Anão. Debruço-me na janela. Quando eu me virar, é possível que ele tenha partido; ou esteja enrodilhado junto do pé da minha cama, feito um gato. Dorme ou me espreita? Com ele, nunca se sabe.

Nem se percebe quando vai ou vem: está sempre por aí. Companheiro de infância, engraçado e sinistro, que perdi por tantos anos e vim reencontrar na Casa Vermelha.

Do outro lado do beco, a floresta sobe o morro, sedutora. Apenas uma das árvores, mais clara que as outras, é tocada por um sopro de vento. O resto arma-se numa paisagem de vidro dentro de um peso de papel.

Contemplo a mata, que me fascina; rastejo dentro de mim num chão igual ao dela: ramos caídos, madeiras podres, silenciosos vermes, cogumelos; tudo tão longe das copas do sonho. Ou desço como quem se atira numa funda piscina e vai, em câmara lenta, nesse túnel, até onde permitem náusea e vertigem.

— Tenho sentido dores — expliquei contrariada à Moça Morena, na hora do jantar, quando ela me viu levar a mão ao estômago e fazer uma careta involuntária. Me olhou, interrogativa:

— Úlcera, minha filha — sentenciou, e seu olhar estava grave. Neguei, balançando a cabeça: não era nada, quem sabe tinha comido alguma coisa.

Ela concordou:

— Do jeito que a comida por aqui anda...

•

A Moça Morena é tão vigorosa quanto sua companheira Loura é apagada. São professoras do interior, estão de licença. Não vejo graça em passar férias neste local isolado e feio. Se ao menos se hospedassem perto do mar.

— Caro demais — explicou a Morena. Isso foi nos primeiros tempos, logo que cheguei, decidida a não travar amizade com ninguém porque minha passagem nessa casa seria breve. Só até me instalar na casa de Antônio, onde deveria estar morando agora.

Mas as Moças eram singulares: alguma coisa nelas me intrigava e comovia. Além do mais, estava tão ansiada com o futuro e ferida pelo passado, que um pouco de calor humano me fazia bem: conversávamos de uma mesa a outra. Na verdade, das duas quase só a Morena falava; a Loura parecia mal conseguir ficar na cadeira. Cor terrosa, narinas afiladas, corpo mirrado; sem querer, acabei fazendo meu secreto diagnóstico.

Ela teria consciência do mal que a roía? O mistério dos que carregam e nutrem a própria morte sem saber; ou, sabendo, interrogam o destino nas longas noites insones: como, quando, *por quê?*

Talvez eu só estivesse deprimida; vendo tudo pior do que realmente era. Mesmo assim, as Moças me interessam. Uma, forte, passo de soldado, apetite saudável, grandes seios; a outra, um passarinho molhado, roendo torradas ou bebericando chá. No olhar a expressão de quem está alerta para aquele chamamento: venha, venha. Quantas vezes eu vira essa expressão em camas de hospital?

Naquele dia pensei: ter úlcera era só o que me faltava agora. Para disfarçar o alarma, fui formando desenhos com migalhas de pão na toalha. E lembrei o meu tesouro: o cascalho colorido que minha mãe guardava num gordo frasco transparente sobre o toucador, entre perfumes, caixinhas antigas com pinturas e grampos de cabelo. Quando ela saía à noite com meu pai, nos períodos em que bebia menos, algumas vezes eu me esgueirava até o seu quarto; pegava a bola de vidro com as duas mãos, esvaziava seu conteúdo na colcha de cetim da grande cama e fingia que eram rubis, esmeraldas, diamantes. Revirara-os entre os dedos; espiava contra a luz, tinha vontade de comê-los como flocos de gelatina. Então seriam o meu tesouro: um pouco da beleza e do mistério de minha mãe, só para mim.

Quando ela morreu, retirando-se definitivamente para o reino que na verdade já era o dela, foi isso que guardei: peguei o frasco, enfiei-o no armário entre minhas roupas, e ninguém notou. Pelo menos, naqueles dias de confusão e dor, não reclamaram. Ficou sendo meu talismã. Algumas pedrinhas eram verdes como os olhos daquela a quem, ora cínico ora admirado, o Anão chamava: Rainha.

•

O cascalho do tempo escoa na memória: conto fatos da minha vida como quem contasse carneiros. Só que não quero dormir: preciso estar lúcida para desatar o nó do meu destino emperrado e complexo.

Embora tenham passado tantos anos, ainda sinto a solidão de menina: mas me pesa muito mais. Tive perdas demasiadas, estou de raízes expostas e barriga aberta. Como aquela árvore que o vendaval derrubou com estrondo junto da Casa Vermelha, um vento assustador bramindo a noite toda.

— Se tivesse caído em cima de nós... — comentávamos no dia seguinte. Os bombeiros levaram muito tempo serrando-a em pedaços; por fim a levaram daqui, mutilada.

•

A Rainha. Tenho quatro, cinco anos. Meu irmão ainda é um bebê de colo, que a babá parada junto da porta sacode nos braços, para que não incomode aquela que já foi anunciada pelo seu perfume. Minha mãe aparece no umbral, precedida do farfalhar do vestido de seda clara com grandes orquídeas roxas e lilases. Cabelo preso na nuca; uma mulher grande, maior que meu pai, que vem logo atrás; lembro dele sempre assim, ao seu encalço, preocupado e atento, como a Moça Morena hoje faz com sua companheira.

— Porte de rainha — diziam as pessoas falando de minha mãe, e eu sentia orgulho. Era branquíssima, nunca tomava sol, diziam que para manter-se alva. Pele acetinada, rosto de estátua.Não havia nele muita expressão, mas ausência.

Numa das mãos, um copo d'água; eu pensava, como ela tem sede! Mais tarde saberia que não era água: era gim. Minha mãe bebia já na hora de acordar. Fazia isso desde muito mocinha, e parecia não haver cura para seu mal.

Ela chega perto; nem lança um olhar para o bebê. Seus olhos são tinta verde; se chorar, vão lhe manchar a cara? Maquilou-se, quem sabe um pouco demais. Vai a uma festa e está irritada porque insisti tanto em que viesse me dar boa-noite antes de sair. Fico fascinada quando ela se arruma assim. Ninguém tem uma mãe tão bonita e majestosa. E tão remota.

Ela se inclina de má vontade, mal permite que a beije na face; logo se endireita:

— Não precisa *me lamber*. E amanhã não faça barulho; vou dormir até mais tarde.

Dorme muito durante o dia; ao menos, fica trancada no quarto, para mim o mais delicioso lugar da casa; mas onde só entro escondida, quando ela não está. Porque minha mãe detesta que lhe invadam a privacidade. E, apanhada de surpresa, nem sempre está tão bela e composta como agora.

Sem mais olhar para mim ou para o bebê, sai como entrou, zangada e solene. O passo talvez um pouco inseguro. Meu pai me abraça rápido, faz uma brincadeira qualquer, beija a cabecinha de meu irmão e vai apressado atrás dela.

Fica comigo esse mesmo perfume que há pouco entrou aqui no quarto da Casa Vermelha e me levou até a janela para ver o que havia. Só que no rastro de minha mãe ficava também um discreto odor de bebida, que mais tarde aprendi a identificar.

•

O perfume dela parece deslocado nessa pensão onde encalhei, roída de medo e culpa, atiçada de paixão, mortificada pela dúvida. O pânico disparando nos meus labirintos com sua cauda agitada.

Vim à janela ver que pessoa ou flor tinha esse cheiro, mas só o vazio e o silêncio andam no beco. E o doce odor da dissolução que vem do solo úmido e das folhas podres.

Um dos pesos de papel de meu pai continha um minúsculo arvoredo imóvel. A gente agitava um pouco, e de repente tudo começava a ondular como um bosque submerso tangido por correntes invisíveis. Para mim, o que havia naquelas esferas de vidro era verdadeiro como o mato em que eu apanhava flores e talos de erva quando meu pai me levava até algum lugar afastado, parava o carro e andava comigo, de mãos dadas, ensinando-me nomes de bichos, plantas. Eu fazia um ramo para minha mãe: daria tudo por um de seus raros sorrisos. Chegando em casa, ia entregar-lhe as flores, já murchas; ela pegava distraída, passava para uma empregada pôr num vaso. E concordava quando meu pai repetia como eram bonitas e cheirosas.

Eu saía dali sem saber ao certo por que me sentia tão infeliz.

Mas aqui não há flor, nem mulher. Apenas, naquela árvore grande, macaquinhos subindo e descendo aos guinchos. Têm aparecido aqui quando refresca, no fim das tardes quentes; e povoam um pouco minha solidão.

•

Que mundo, o desta Casa. Deve ter sido luxuosa: hoje abriga náufragos que aportaram aqui Deus sabe como e de onde; e para quê. Formamos uma fauna e tanto: as Moças, que parecem ser um casal; eu; a mulher retraída, coberta de vitiligo, que não fala com ninguém; minha vizinha de frente, velha e alquebrada, provavelmente um tanto caduca; e pouca gente mais; algumas pessoas só vêm para as refeições: jovens estudantes, únicos animados à mesa. Uma pensão medíocre, pertence a uma mulher que nunca aparece. Todos a chamam de Madame: mas mora no centro da cidade, e certamente pouco se interessa por este lugar.

O melhor da Casa Vermelha são as paisagens: à frente, a floresta tentacular; atrás, o despenhadeiro bruto, abaixo a cidade fumacenta; mais além, o mar. Navios.

Cheguei balançando entre a esperança frenética e o medo sombrio. Uma grande tempestade na minha vida até ali organizada; Antônio, a tábua de salvação. Encalhei aqui, o tempo passa, e às vezes já parece muito conseguir sobreviver até o fim do dia. Digo a mim mesma o que disse tantas vezes às mulheres de grandes ventres distendidos a quem ajudava a parir: Agüente mais um pouco, um pouco só.

Então sobrevivo a mais um dia de espera e dor. E perdas. As recentes, feridas como sangue vivo: deixei a minha casa, profissão, amigos, cidades, segurança, e meu único filho, Lucas. (Que tem seis anos e não consegue me entender.) Perdas antigas: quase esquecidas, mas agora reavivadas, e cheias de pus; o tempo as infeccionou, e eu nem sabia: a morte de minha mãe; de meu pai; a morte de meu irmão, pois de certa forma, embora viva aqui no andar de cima cuidado pelo seu Enfermeiro, ele também já morreu.

Tudo isso arma um cipoal no qual me enredo. Onde a energia de antes, o otimismo, a vontade de viver, a alegria de fazer nascer?

— Você não está vivendo um grande amor? — pergunto à mulher sem graça que agora sou, e que chora debruçada na janela.

•

Amanhã vou visitar Gabriel, meu irmão, que não vejo há alguns dias embora more na mesma casa; e a quem a mata que tudo engole na verdade já devorou.

Alguém puxa a barra da minha saia. Viro-me, mas não é um menininho de seis anos. É o Anão erguendo a cara interrogativa e maliciosa; parece estar sempre rindo de mim. Anda com esse chapeuzinho preto, um chapéu-coco que não combina com este lugar, este clima, esta época. Este mundo.

— Quantos dias faz que não visita seu belo irmão? — pergunta numa voz de taquara rachada. O Gnomo lê meus pensamentos, sempre desconfiei disso.

(Ninguém sabe do que são capazes os anões.)

— Pensei que você finalmente tinha me deixado em paz. Amanhã eu vou. Agora suma.

Ele sai no seu passo gingado; magoou-se com meu tom rude; estranho, ele também me inspira ternura; mas é alguém familiar nesta casa estrangeira. Velho amigo, espectro de um velho mundo, agora vagando comigo nesta velha embarcação.

— Anão já nasce velho? — perguntei-lhe um dia quando eu ainda era criança e ele me ensinava tantas coisas.

•

O telefone toca no andar térreo. Não toca muitas vezes neste lugar, de modo que pode ser para mim. Antônio, com saudade; a babá de Lucas com alguma notícia, a faca no meu coração; alguém da escola onde provisoriamente trabalho na secretaria, apenas para me distrair enquanto não me instalo, abro meu consultório e tento uma vida normal.

O Anão deixou a porta aberta; sempre faz isso; também deixa abertas minhas gavetas e armários, onde costuma se meter; e deixa frases pela metade, mania que me leva à exasperação.

Alguém lá embaixo chama meu nome, depois diz:
— Te-le-fo-ne! — escandindo as sílabas como se anunciasse o nascimento de Cristo.

É uma das duas Criadas de ar apalermado que cuidam de praticamente todo o serviço da Casa Vermelha. Talvez sejam irmãs, tão parecidas: baixinhas e vesgas, pernas tortas, orelhas de abano. Uma dupla incompetente e desagradável. Andam sempre juntas, falam ao mesmo tempo, acotovelam-se, atrapalham-se uma à outra; riem à toa.

Meto a cabeça pela porta:
— Homem ou mulher?
A resposta vem no mesmo tom de antes:
— Mu-lher!

Não vou atender: pode ser aquele chamado *do poço*. Mas também pode ser alguém da escola, querendo saber se novamente não vou trabalhar.

— Já vou!

Saio deixando a porta encostada. No andar térreo, o bafo de umidade, azeite rançoso, cozinha suja. Meu estômago me incomoda.

Mas não é da escola; nem de minha antiga casa. Como receava, é, outra vez, aquela Voz. Rasteja do fundo de algum lago de fel, cheia de ódio. Voz de mulher obscena que vem me insultar. Por quê? Quem seria? Voz de bêbada. Primeiro hesita; às vezes, desliga; chama de novo, e despeja sobre mim a sua lama que não entendo direito. Em geral largo o fone antes dela desligar.

Seria uma amante de Marcos? Mas estamos separados, por que faria isso? Alguma namorada de Antônio? Ele me garantiu que estava sozinho.

Talvez tenha me escolhido ao acaso. Uma dessas velhas damas bem comportadas que em família nunca dizem um palavrão; mas, no começo da velhice, depois de uma vida de frustrações precisam descarregar sua acumulada infelicidade.

Desligo, sentindo nos ombros todo o cansaço do mundo.

— Menina, você está ficando corcunda! — disse o Anão outro dia.

(Eu nunca tive aquele porte de rainha.)

Procuro as Criadas: quero um copo d'água, gelada; mas ela vem morna, e o copo engordurado. Sento-me numa cadeira de palhinha roída na sala de jantar. Há velhíssimos lustres de cristal cobertos de pó e teias de aranha; os vidros das janelas e das portas são trabalhados. Saio até a varanda, que se debruça no despenhadeiro. A paisagem convida a saltar, quem sabe saio voando até o remoto oceano? Os navios, sempre parados, parecem não se mover nunca; ou serão cada dia outros navios?

•

Desde que moro na Casa Vermelha tivemos poucos dias de céu limpo.

— Muita cerração aqui nesta época do ano — dizem as Criadas, rindo como se fosse uma brincadeira.

Se eu pretendesse ficar aqui seria mais exigente; meu quarto não é muito limpo, os lençóis andam encardidos. Compraria uma pequena geladeira para ter água fresca, frutas, sorvete para quando Lucas viesse me visitar. Mas espero sair daqui logo, e não traria meu filho para este lugar. Prefiro que me visite quando eu estiver na casa de Antônio, uma grande casa que conheço por fora, jardim, velhas árvores. Parece solitário, o lugar. Com um menininho correndo por ali, vai ficar menos severo.

Na verdade eu devia ter passado aqui apenas poucos dias, e estar morando há bastante tempo com Antônio, como sua mulher. Era o que tínhamos combinado. Mas só depois que vim para cá ele me falou do problema de seu filho: talvez tivéssemos que esperar um pouco.

— Filho? Mas esperar por quê?

Fiquei a um tempo assustada e ressentida. Estávamos juntos há meses, muito apaixonados, e Antônio me falara tão pouco de seu filho que eu o imaginara já adulto, morando fora de casa. Como eu estava concentrada na dor por causa de meu próprio filho, não fizera perguntas sobre o rapaz. Mas agora Antônio começava a me falar dele, com um tom diferente na voz, informações que me dava aos pouquinhos: o menino era doente. Um tipo de retardo. Dava-lhe muita tristeza. Estava em casa.

— Muito grave? — perguntei, por um segundo a profissional emergiu em mim, mas logo passei a ser apenas a mulher sentindo-se novamente traída. — Por que nunca me falou disso antes?

Antônio, que não era médico mas devia conhecer ao menos a terminologia ligada ao problema do filho, foi evasivo. Estava sombrio: mas, dizia, não era grave.

Não insisti. Quem quer saber de mais desgraças? Só hoje entendo que estávamos os dois jogando: o jogo do medo.

— Vamos cuidar dele juntos — eu disse, encerrando o assunto, o coração subitamente generoso e alargado; podia ser mãe de mais um filho, desde que estivesse numa vida feliz, segura, com Lucas junto de mim.

Mas o tempo passa; Antônio sofre; e ainda não me levou para morar com ele. Um dia tem de viajar, noutro faz uma pequena reforma na casa para me agradar, e a vida se arrasta. Ou talvez, aflita como ando, eu apenas esteja vendo tudo negro, com meus óculos escuros.

•

Começo a subir a escada, quando o telefone volta a tocar. Desço quase correndo; vou atender, é Antônio, dessa vez é ele. Mas é apenas uma insípida voz de funcionária da secretaria da escola; parece assustada com meu tom excitado ao atender.

— Irmã Cândida quer notícias suas — diz na falinha impessoal das freiras. Não é freira, mas trabalha lá há tanto tempo que adotou o mesmo tom.

— Estou bem, essa tarde apareço — respondo. — Tenho andado indisposta, ainda não acostumei com o calor.

Dizemos mais algumas banalidades e nos despedimos.

Subo as escadas como se tivesse oitenta anos.

•

Minha vizinha de frente tem quase oitenta. Me disse isso; aos poucos começa a me falar de si. Vejo que gosta de mim. É gentil com todo mundo, mas apegou-se a mim talvez por morarmos próximas na Casa, ou porque percebe que tenho problemas. Paro junto de sua porta, que ela normalmente deixa apenas encostada, como se esperasse alguém.

Tenho vontade de lhe falar; vontade de uma presença humana boa e limpa; ela é uma doce velhinha. Quero alguém que não seja o Anão, nem as Criadas, nem as Moças esquisitas. Vontade de mãe: meu anseio tão antigo, tão antigo; quem me tomaria nos braços, quem me pegaria no colo, quem cuidaria da minha alma para nela brotar uma alegria duradoura?

Antônio me abraça, me acarinha, o que me deixa animada. Mas nada parece suficiente para tapar esse vazio que me ameaça, algo de repente surgiu entre nós, uma sombra, não sei bem o quê. Talvez as evasivas dele: quando vou morar em sua casa, e por que nem a conheço ainda?

Quase abro a porta; mas deixo minha amiga entregue à sua tarefa que ainda não compreendi: esperar alguma coisa, alguém, diante da janela, e com a porta apenas encostada. Fica ali distraída, tricô muitas vezes esquecido ao colo, voltando para fora uns olhos tão baços que não deve nem avistar os navios. Depois presta outra vez atenção ao seu trabalho: faz roupinhas de tricô, calções e blusões que serviriam num menino menor do que Lucas. Vai empilhando tudo nas cadeiras, nos gavetões da cômoda, que nem fecham mais. Deve fazer tudo isso para vender e pagar sua pensão; mora aqui faz anos, nem sei se tem família.

No meu quarto, o Anão se escarrapachou desavergonhadamente sobre o travesseiro, perninhas esticadas na colcha; examina com gravidade ostensiva um papel que tem na mão.

— Sai daí — digo, enojada. — Você me atrapalha, e travesseiro não é poltrona.

— Seu querido irmão lhe mandou isto — ele diz. Salta da cama, quase se esborracha no assoalho; senta-se nas tábuas, fica me olhando, cabeçona torta. Nunca pensei que o Anão visitasse Gabriel.

Pego o papel, pouco maior que uma folha de ofício; no traço forte de meu irmão, em tinta preta, um palhacinho sem chapéu; nariz de tomate, cabelo de espantalho, boca desmesurada num sorriso falso. Duas lágrimas correm do mesmo lado da cara. Olhos de uma infinita melancolia. Por baixo dos disfarces, é, claramente, o rosto de meu filho Lucas, a quem Gabriel nunca viu.

•

— Filhote, a Mamãe precisa lhe falar uma coisa.
— Você andou chorando, mãe?
— Nada. Um cisco no olho. Venha cá...

— Mãe, você compra aquele carrinho que a gente viu na loja?
— Compro, Lucas, mas agora venha cá, preste atenção.
— Que foi?
— Sabe, filho, a gente vai morar uns tempos com a tia Lúcia, aquela mãe da sua colega.
— Todo mundo? Você e eu e o Papai e...
— Não, só nós dois, você e a Mamãe.
— Não quero ir, não.
— Mas por que não?
— Porque ela não gosta de cachorro, e eu não vou sem o Moranguinho.
— Você quer o Moranguinho ou a Mamãe?
— Eu quero o Moranguinho e a Mamãe e o meu pai. Compra aquele carrinho agora?

•

Encolho-me sobre a colcha, ajeito o travesseiro nas costas, contra o metal frio da cabeceira; apóio os braços nos joelhos, e o queixo em cima dos braços. O Anão parece cochilar no chão, apoiado na perna da minha cama; enrosca-se como um gato. Sempre no seu terno preto grande demais, as bainhas das calças desabando sobre os sapatões rombudos quando caminha. Deve ter vários trajes iguais a esse, porque nem quando eu era menina o vi com outra roupa. E, que eu lembre, sempre teve essa cara enrugada de agora.

— Anão nunca é criança — disse, quando lhe perguntei a idade, naqueles velhos tempos; e como tantas vezes fiquei sem saber se falava a sério; nem voltei a perguntar; porque às vezes ele me intimidava.

Na parede em frente da minha cama, um único enfeite; porque tirei todo o resto, quadrinhos e bibelôs de mau gosto, e escondi sobre o armário um Coração de Maria em cores berrantes.

Em troca, pendurei naquela parede um retrato emoldurado: uma menina e seu irmãozinho. Nossa mãe morreu há pouco tempo, na fotografia vestimos luto fechado, e temos a cara perplexa de todos os órfãos: como foi que ela nos abandonou assim, *como*? Mas essa expressão também aparece nos nossos poucos retratos anteriores; porque de certa forma nossa mãe nunca esteve realmente conosco. Eu, magrinha, morena, feiosa; Gabriel, gordinho e louro, aqueles olhos claros. Tirávamos poucos retratos. Só famílias alegres querem ficar registradas. Nós, não tínhamos motivo.

Onde foi parar nossa inocência daqueles anos? Apesar da orfandade, do enigma de nossa mãe, havia esperança, ao menos expectativas. Agora Gabriel vegeta numa floresta sem saídas, e eu deparo com uma floresta para a qual não vejo entradas.

As lágrimas correm livres; estou sensível como alguém a quem tivessem arrancado a pele, tudo dói. Tenho pena de nós, de Gabriel, de mim, de meu filho Lucas, que tem seis anos e não sabe por que sua mãe foi embora; alguns traços dele aparecem nos dois rostos daquele retrato antigo.

Choro por tudo e por todos. Se não sair dessa depressão não vou nem poder ser mulher de Antônio, nem mãe daquele seu filho problemático.

Choro feito criança, rosto escondido nas mãos.

De repente, uma carícia áspera no meu braço. Nem preciso olhar: é a mãozinha disforme do Anão parado junto de minha cama. Se o encarar, verei nesse enrugado rosto lampejos de malignidade, ou apenas a ternura de um pobre anãozinho da floresta?

— Agüente mais um pouco — ele diz. — Só mais um pouco.

•

Esta é uma casa singular; alguns no bairro a chamam de Castelinho, mas a maioria a conhece como Casa Vermelha; pois é esta a cor desbotada de suas paredes, dentro e fora, lascas de tinta saindo por toda parte como pele velha revelando feridas mais velhas ainda, em tom alaranjado. Uma das construções mais originais que já vi: pena estar transformada numa pensão decadente.

Isolada; quase no fim do beco, a meia altura do morro; ladeiras, poucos carros, casario antigo e essa floresta imponente que atrás da Casa sobe pela encosta, na frente, do outro lado da rua, desce pelo despenhadeiro em longos troncos muito finos procurando luz; e assim vai até a cidade, que continua lá embaixo. Bairro de artistas e boêmios, de gente pobre em cortiços espremidos junto a muros que escondem grandes mansões.

De longe a Casa Vermelha parece um ferimento no morro. Três andares, mais uma torrezinha onde deve morar o Anão. Beirais de madeira caprichosamente recortada, ar mourisco que nada tem a ver com o resto.

À noite, a paisagem vista do refeitório e da varanda é uma árvore de Natal: as luzes móveis dos carros, as luzes bruxuleantes das estrelas; no meio delas, os navios.

Como será que o Anão sobe todo dia tantas escadas para chegar na sua torre? Perguntei às Criadas se ele morava lá, mas não responderam; deram risadinhas, acotovelaram-se, me olharam como se eu fosse louca. Certamente aquela Madame invisível não gosta muito de hospedá-lo; mas deve estar precisada de dinheiro; a pensão anda vazia, muitos quartos desocupados; e um Anão há de comer pouco.

Não adianta perguntar a ele, pois não me informaria; não fazia isso nem quando eu era criança e ficava doida por conhecer seu quarto.

(Também é possível que more num dos antiqüíssimos armários pretos que atravancam todos os corredores, aparentemente vazios.)

Num tempo em que nem sonhava morar nela, visitei a Casa Vermelha poucas vezes, para saber de meu irmão. Marcos e eu o colocamos aqui quando o dinheiro que meu pai deixara para cuidarmos de Gabriel ficou pouco para clínicas boas, e ele entrou nesse longo período de quase entorpecimento, em que não dá tanto trabalho. Alguém nos sugeriu esta pensão isolada, cuja dona talvez o aceitasse com seu Enfermeiro, por uma quantia maior do que normalmente um pensionista pagaria, mas menor do que a exigida por qualquer instituição razoável. Marcos veio, acertou tudo, e faz anos que o Enfermeiro se instalou aqui com Gabriel: um sujeito desagradável, ar de coveiro; mas sua tarefa não deve ser fácil.

Nas ocasiões em que eu vinha só para ver meu irmão, as mesmas Criadas de agora abriam a porta e, como duas caricaturas, ficavam plantadas embaixo da escada, espiando, enquanto eu subia; como se isso fosse, para elas, um espetáculo incomparável. E sempre que eu pedia para ver a dona da pensão, respondiam com evasivas; de modo que nunca a vi; mesmo agora, que me hospedo neste lugar, ainda não consegui um encontro com ela, para reclamar da qualidade dos serviços, cada vez piores.

Eu visitava Gabriel rapidamente; tudo meio sem sentido, pois para ele não devia fazer diferença; era antes uma homenagem à memória de nosso pai, que em vida se preocupara tanto com ele. Depois, a volta, numa breve viagem de ônibus, eventualmente no meu carro, para a cidadezinha onde eu ainda pensava ser feliz com meu marido, meu filho, minha clínica. Construíra uma vida estável; mas, na verdade, era como numa das esferas de vidro de meu pai: uma sacudida forte desmancharia tudo em neve, redemoinhos, desilusão.

Cheguei a ser uma mulher realizada: nos primeiros anos de meu casamento, e mesmo antes, durante a Faculdade, os velhos espectros se retraíram para cantos afastados; raramente estendiam, aqui e ali, uma cauda sutil, uma patinha magra. Eu era quase feliz, embora sabendo que a vida não era só aquilo.

— A vida é dura — gemia o Anão quando, em menina, eu lhe pedia que apanhasse um de meus brinquedos que caíra da janela sobre os arbustos do jardim.

•

Quando nossa mãe morreu, Gabriel era um menino plácido e louro; não dava trabalho, não ficava doente, não parecia ressentir-se demais das crises de ausência ou agitação da mãe retirada atrás dos vitrais de seus olhos raros. Ainda há vejo, refletida nos espelhos que ornamentavam a ponta de cada corredor da casa, indo do teto ao assoalho: duas rainhas pálidas, vagando sem destino.

O retrato dela aparecia nos jornais: nariz perfeito, boca perfeita, olhos perfeitos, toda perfeição. Eu guardava os recortes, lia e relia escondido. Quanto mais distante, mais amada.

Em geral alheada, ela podia explodir em raivas injustas, especialmente contra mim. Meu pai tentava acalmá-la; e quando eu algumas vezes o procurava, indignada ou ferida, para que me ajudasse, ele dizia:

— Sua mãe é uma pessoa especial: todos devemos ter muita paciência com ela, muito carinho.

Parecia incapaz de me dar uma explicação, de me ajudar. Tudo o que eu queria era ter minha mãe; uma dessas como as tinham outras meninas, alegre ou zangada, abrindo a porta do forno para espiar o bolo, ralhando porque eu não arrumava o armário, planejando férias e dizendo "este vestido está curto, você cresceu neste verão". Era isso que eu queria; não aquela mulher-criança, de quem se precisava cuidar. E que, além de tudo, era tão difícil amar.

•

A secretaria da escola é uma espécie de aquário organizado por divisórias transparentes da metade para cima; aqui se aproveita bem o espaço. Nesta construção antiga, esta é a peça mais clara e moderna, cheiro de tinta e papel, às vezes o ruído de máquinas de escrever; todo mundo falando manso como as freiras.

Irmã Cândida aparece aqui raramente; mas sei que me ronda, percebe minhas ausências, nota minha perturbação.

Quando a procurei, ao vir para esta cidade há mais de dois meses, perguntei se não haveria nenhum trabalho que eu pudesse fazer para ela, só para me distrair enquanto não abrisse um consultório meu e recomeçasse a vida normal, com Antônio. Ela então sugeriu que, sendo médica, eu desse aulas de Ciências às alunas.

— Vou tentar. Preciso de qualquer coisa, Irmã. Não estou acostumada a essa inatividade, vou acabar doida.

Mas como não conseguia me concentrar o suficiente nem para preparar as aulas, ela acabou me colocando nessa secretaria, onde uma funcionária havia adoecido. A velha freira queria ajudar sua antiga aluna. De modo que aqui faço pouca coisa.

Aquela mulher, tão alta e quase tão pálida quanto fora minha mãe, porém com uns olhos escuros e alertas, fora um dia a pessoa mais importante de minha vida. No internato, onde chegou pouco depois de mim, foi a mãe que me faltara tanto. Muitas vezes em fins de semana dedicava horas a me escutar e orientar. Dirigiu meu coração para problemas que eu achava remotos, e que em minha casa não se abordavam. Eu assisti às aulas de religião como uma obrigação qualquer, sem interesse. Era uma aluna rebelde e inquieta. Mas ela me levava para uma sala de aula vazia, sentava-se ereta e composta; às vezes, compadecida, deixava que eu recostasse a cabeça em seu colo, sentada no chão. Entre confidências minhas e seus conselhos, no fundo ela falava de seu assunto predileto: religião, e a compaixão de Deus. Sabíamos, sem comentar, que aquele não era um procedimento comum: não devia haver nenhum tipo de intimidade entre freiras e alunas. As ordens eram estritas, a conduta muito vigiada. Mas aquela freira compreendia como ninguém mais a minha orfandade, minhas ansiedades e dúvidas. No seu regaço, em lugar dos perfumes da rainha perdida havia um odor de armários fechados.

Algumas vezes ela se inclinava sobre mim, falando ou escutando, e seu véu escuro formava uma espécie de tenda onde nossas respirações se fundiam. Havia ali algo de secreto que eu não compreendia bem, uma maternidade estranha e consoladora.

A vida nos separou naturalmente, mas tantos anos depois, na minha grande crise, eu me lembrei dela que estava na cidade dirigindo um grande colégio. E apesar de um natural distanciamento trazido pela passagem do tempo, tive vontade de recorrer a ela, ainda que fosse para desabafar. Eu mais uma vez precisava de mãe.

Não somos mais as de antigamente. A intimidade entre colegial e professora idolatrada se desfizera, eu certamente não iria mais chorar com a cabeça em seu colo.

•

Vegeto na Casa Vermelha. Começo a discutir com Antônio, magoada porque ele não se decide, quando vamos morar juntos? Sinto-me mal com esse adiamento; sem querer acabo pressionando e me sinto humilhada. Procuro voltar ao assunto do seu filho, mas ele agora está cheio de evasivas. Ou não seria esse o verdadeiro problema?

— Você está me escondendo alguma coisa.

— Você é que está vendo fantasmas. Não fique assim alarmada. Tudo vai dar certo.

Viro-me para a parede:

— Não agüento mais a solidão, no meio da gente esquisita daquela casa.

Tive o sentimento injusto mais comum, sabia que era tolice, mas sofria: eu afinal tinha deixado tudo para estar com ele: segurança, alegrias, meu filho. Embora separada de Marcos, eu tinha continuado a ver Lucas todos os dias, sem saber que em breve estaria tão afastada dele.

— Eu posso ser uma espécie de mãe do seu filho, não acha?

Antônio sorri, distante, acaricia minha mão. Fuma olhando um ponto qualquer, parece magro e triste na luz fraca do abajur de motel.

Sinto que em alguns momentos mais do que apaixonado ele agora é bondoso comigo, e me agarro a essa bondade porque preciso dela para me salvar. As freirinhas na escola também são bondosas: quando cometo erros no meu provisório trabalho, me corrigem sorrindo, mansas.

Minha mãe não era bondosa: raramente se lembrava de mim, e era pior do que quando me ignorava. Exigia então minha presença, eu tinha de lhe prestar pequenos serviços: achar o livro, os óculos, um lenço. Era como se, lembrando-se, resolvesse ao menos tirar algum proveito desse aborrecido fato: ter uma filha.

E nessas horas, quando se irritava, não tinha uma bela voz: era a única coisa nela que ficava feia.

Sozinha, eu ficava tranqüila. Brincava com Gabriel, passeava com meu pai. Enfiava-me no quarto ou saía para o jardim com o Anão, que viveu um bom tempo conosco; estranho companheiro: contava histórias fantásticas que me deliciavam e me davam medo.

•

São notáveis algumas coincidências. Na mesma cidade onde espero que minha vida se resolva, reencontro minha velha Freira e o meu Anão.
Fiquei surpreendidíssima quando o vi.
Foi num desses dias em que eu tinha decidido não jantar. Triste demais, fiquei fechada no quarto. De repente, com o canto do olho pensei ter avistado uma sombra no velho espelho sobre a cômoda. Fiquei inquieta e resolvi descer ao refeitório, e me sentei sozinha à pequena mesa onde sempre comia.

O salão de refeições é mal iluminado por dois lustres sempre empoeirados e lâmpadas fracas. Dois ventiladores tentavam em vão espantar o calor. Eu comia sem vontade. As Criadas corriam entre as mesas, servindo, atrapalhadas.

No fundo do salão, o soturno Enfermeiro palitava os dentes; logo iria subir com a bandeja de Gabriel. A Velha mais sonhava do que comia: pelas maneiras via-se que fora uma dama. As Moças beliscavam sua sobremesa entre longos silêncios, por fim a Loura passou para a companheira o seu pudim quase inteiro. Atrás da mesa da Velha, a Mulher Manchada estava como sempre com uma revista aberta junto do prato: fingia ler, ou realmente lia? Passava tanto tempo sem virar a página que acredito que a revista era apenas um truque: assim, não precisava comunicar-se com ninguém. Os estudantes, em duas mesas mais afastadas, pareciam as únicas pessoas realmente vivas: falavam animadamente, riam alto. Não faziam parte da Casa Vermelha.

Algumas vezes olhavam com disfarçada curiosidade para a mesa da Mulher Manchada, vestida com decote alto e mangas longas apesar do calor. Sentada à sombra de sua folhagem imaginária que lhe desenhava a pele, fingia não perceber nada.

Pensei no quanto me sentia deslocada naquele cenário, quando avistei sozinho na mesa ao meu lado, bem junto de mim, a cabeçona do Anão. Não pude acreditar; devia ser outro, há tanto anão no mundo. Mas era ele: olhei de novo e agora ele me encarou direto. Nem pareceu surpreso. Talvez estivesse ali há dias, e eu, mergulhada nas minhas confusões, não tinha notado. Fez um aceno com a mãozinha grossa, sorriu enrugando mais a cara, depois sinalizou como quem diz: A gente se fala.

Senti um misto de incredulidade, alegria e vago medo. Enfim alguém familiar naquela casa, pois meu irmão era tão estrangeiro na minha vida quanto qualquer outra daquelas pessoas.

Foi assim que reencontrei o Anão; que morara em nossa casa quando eu era menina, todo mundo vagamente ignorando sua existência, talvez ninguém goste de hospedar um anão. Um dia, embora não me quisessem dizer onde ficava seu quarto, eu sozinha o encontrei. Foi a descoberta mais esquisita que já fiz.

(*Depois que ele saiu do refeitório naquela noite, gingando atrás do Enfermeiro e passando junto de minha mesa sem me olhar, avistei no chão, perto do rodapé carcomido, um ratinho morto.*)

•

2 | *Como vai a Doutora?*

— Como vai a Doutora? Ele tinha esse dom de entrar nos lugares sem fazer ruído e me pregar sustos. Eu devia ter esquecido de trancar a porta.

— Vai começar a me amolar outra vez? — Logo me arrependo: — Não é engraçado, a gente se reencontrar aqui?

Mas ele já parece distraído; não quer responder, ou não acha engraçado; é como se não houvessem passado anos e anos, como se não tivesse curiosidade de saber o que me acontecera, nem como eu tinha vindo parar aqui. Minha vida não interessava: aquele rio da superfície, as correntes subterrâneas forcejando, sombras de grandes peixes, animais afogados, plantas podres. Aqui e ali, boiando, a flor lilás de um aguapé.

E agora está de volta, o velho Gnomo por quem ainda sinto ternura e raiva, e toda a curiosidade que ele não tem por mim.

O Anão vai até uma prateleira onde coloquei uns poucos livros de Medicina e romances, para fingir algum resto do ambiente familiar. Deixei em casa de Marcos e Lucas quase tudo o que era meu: vim despojada e despreparada, como quem acaba de nascer. Não eram assim as criaturas molhadas que eu recebia nas mãos, nos inumeráveis partos que tinha feito na vida?

Para suportar eu tinha alimentado a insensata idéia de que partira sem realmente partir; de que meu filho de seis anos conseguiria me compreender; e que viver com Antônio seria um passe de mágica, imediato e fácil, porque a paixão resolveria tudo.

Mas como convencer um menino mimado de seis anos de que sua mãe vai embora, e se quiser ir com ela terá de renunciar à companhia do pai, dos amigos, ao cachorrinho, ao conforto e abrigo de seu quarto e de seu mundo? Todo o universo falsamente indestrutível de uma pequena família?

Pensar nisso me dói tanto que tenho medo de vomitar. O Anão subiu numa cadeira, parou na ponta dos sapatos cambaios, e agora corre o dedo pelas lombadas dos meus livros. Murmura coisas que não entendo; depois pega um grande livro de obstetrícia, que quase nem consegue segurar. Sobe na cadeira com dificuldade, bota o livro no colo, e vai folheando, como se eu não existisse. Fico olhando apática a sua ridícula figura, com aquele livrão, as perninhas balançando no ar.

— Uns retratinhos bem indecentes, não? — diz de repente, e seu olhar é matreiro e obsceno.

— Não seja cínico — respondo. — Isso é Medicina. Vá embora, estou cansada.

— E o seu irmão? — indaga de repente, no mesmo instante em que penso que é preciso finalmente visitar Gabriel no andar de cima.

Tenho vontade de que ele fique ali comigo, meu homenzinho deformado; de que me faça companhia, apesar do seu sarcasmo e do seu mistério. O que ele faz, quantos anos tem? Emerge do meu passado, sabe coisas da minha vida, me conhece; me viu na rara alegria e na grande tragédia; sabe da minha solidão; é a única pessoa desta casa que sabe de mim, porque Gabriel não sabe de nada.

— Perdi tudo o que tinha — gaguejo. — Viver sem meu filho é como me arrastar por aí com as duas pernas amputadas.

— Perdeu, não. *Deixou!* — diz ele cruelmente, e sua cara é velha e má. — Mas, apesar de tudo, você tem a sua profissão — conclui, com fingida gravidade.

— A profissão que vá à merda! — grito, chorando. — E você também, Gnomo horrendo!

Ele começa a rir. Sacode-se de riso. Depois continua folheando o meu livro. De vez em quando balança a cabeça, divertido, volta a rir e murmura baixinho qualquer coisa. Apuro o ouvido. Ele diz repetidamente:

— Merda, merda, merda, merda.

Fecho os olhos, para não ver. Deito-me na cama, tapo a cabeça com o travesseiro, não quero escutar.

Acho que nunca mais vou conseguir trabalhar. Eu, que amava minha profissão; sentia estar também parindo aqueles bebês, vendo a vida brotar de sofrimento e sangue, esperança e medo; rodeada de futuras mães com seus ventres distendidos e olhos um pouco assustados, eu me sentia forte e segura.

Nunca mais terei aquelas mãos firmes, aquele jeito autoritário e calmo. Ou, como diz Antônio, quem sabe tudo isso voltará quando eu estiver instalada com ele, aprendendo a fazer o balanço correto entre perdas e ganhos?

Penso em Antônio, força e febre que me trouxeram até aqui e me sustentam; renovou minha vida quando ela parecia um navio encalhado. Agora sinto que ele hesita; isola-se de mim, está mudado. Saltei sobre um abismo para estar com o meu amado que agora recua. O que é, o que o deixa assim?

Nossos encontros no motel, perto do mar, como amantes fugidos, começam a ser, mais que êxtase, tormento. Quero ter paciência, quero estar com ele, morar na sua casa, levar uma vida normal, trazer meu filho para viver conosco. Também quero amar o filho de Antônio; o que é um menino com problemas quando se superou o que eu estou tentando superar? Serei generosa, serei eficiente, e boa. Mas quando falo nisso Antônio apenas sorri, e muda de assunto.

Não preciso olhar: sinto que a sonâmbula rainha no espelho da cômoda começou a sua ronda. Tantos anos sem a ver, às vezes sem pensar nela, e agora volta. Continua a vagar depois da morte, como acreditei em criança. Copo na mão, olhos ausentes, pálida como um cadáver.

(O Anão lê, fingindo que não vê nada.)

•

A Casa Vermelha carrega em seu bojo roído pelo tempo, habitado de ratos e infectado de angústias, toda uma raça de exilados. Cada um com sua grande nostalgia, sua insaciável sede e sua aflição, tentam adaptar-se como podem. Uns isolam-se mais ainda, como a Mulher Manchada em sua pele de renda; outros dando valor ao mais banal gesto de cordialidade, como as Moças com seu drama secreto; a minha Velha, cada dia absorvendo-se mais em sabe Deus que memórias ou esperas. Nessa idade acho que a gente só tem memórias; agachada num presente adusto e calcinado, contempla o passado vivo.

De vez em quando formamos pequenos grupos na varanda, comentando o tempo, o nevoeiro, a comida ruim. Ou os gatos que miam feito doidos nos telhados e não nos deixam dormir.

Outras vezes parece que estou num pesadelo: o que faço neste lugar decadente, com essas pessoas com as quais nada me liga, longe do meu mundo arrumado e certo?

Já não era tão arrumado nem tão certo quando nos conhecemos — disse Antônio outro dia, quando chorei sobre seu peito, deprimida. — Ou você não teria se ligado a mim. Não acha?

Era verdade: desde quando descobri a primeira traição de Marcos eu vinha me isolando, me preparando para algo que não entendia, como quem sabe que vai morrer. Alguma coisa, como uma areia fininha, escurecia minha visão da vida, dos afetos, de tudo. Meu casamento estava acabando.

Descobri o primeiro caso de Marcos quando Lucas era muito pequeno. Incredulidade, mágoa funda, como ele pôde, *como pôde?* Gritei, chorei, fiz todas as cenas que sempre censurara em outras mulheres; achava que era preciso ser elegante em todos os momentos. Mas na hora, fui apenas um novelo de confusão, ódio; e dor.

Marcos passou noites fora de casa; voltou pálido e atormentado. Choros, juras, promessas, reconciliação, intensas cenas de amor, e uma viagem fingindo ser a segunda lua-de-mel.

Mas alguma coisa estava mudada, meu mundo sofrera uma rachadura importante; nosso pacto fora rompido, e depois disso eu não consegui mais sossegar.

Comecei a achar que minha profissão me mantinha demais longe de casa; não era incomum levantar da cama e sair no meio da noite para atender a um parto; muitos dias chegava em casa exausta no fim da tarde, mal conseguia jantar; brincava um pouco com Lucas, e me arrastava para a cama; ou ficava acordada até tarde, estudando algum caso difícil.

Antes eu achava que meu casamento era sólido; minha vida, resolvida; marido, filho, alegrias e sucesso me pertenciam depois da longa orfandade. Agora não tinha mais certeza de nada. Talvez Marcos tivesse razão em procurar outra mulher: se ele não era um canalha, eu devia ter minhas culpas.

Tentamos consertar tudo, mas eu estava cheia de suspeita e ressentimento. Insegurança. Passou-se mais um ano. Não foi difícil dessa vez saber que Marcos tinha voltado para a outra mulher. Agora minhas antenas estavam ligadas, a desconfiança me alimentava. Ele passou a me acusar abertamente: eu era a médica eficiente, mas como mulher era desinteressada e desinteressante; nem para o filho ligava.

Passamos a discutir quase todos os dias, não havia mais momentos amorosos nem arrependimento. Marcos já não fazia muita questão de manter nosso casamento. Resolvemos não nos separar ainda, por causa do menino. Fizemos um acordo de cavalheiros; quartos separados, sair juntos apenas com Lucas. Cada um na sua vida.

Mas foi muito mais difícil do que eu tinha esperado. Ainda com ciúme, o orgulho ferido, eu imaginava: Quando sai à noite, ele vai dormir com ela? Faz nela os carinhos que fazia em mim? Será que lhe conta o que fazíamos? E eu, por que não tenho vida amorosa, por que fico me consumindo no trabalho e continuo com tão pouco tempo para meu filho?

Fui ficando amarga. Joguei-me no trabalho como nunca. Viagens, congressos, mais e mais crianças vindo ao mundo pelas minhas mãos, mas meu entusiasmo se fora: valeria a pena?

•

No começo Antônio foi apenas uma relação casual; eu estava sozinha, o interesse dele me fazia bem, então eu não era tão desinteressante. No começo ainda resisti, não ia mais confiar, me entregar, e ser enganada. Mas acabei descobrindo que a médica séria, agora com uma ruga vertical entre as sobrancelhas, ainda era mulher.

Viver em casa com Marcos passou a não ter sentido, Lucas estava crescendo. Falei em separação, e Marcos não questionou. Apenas disse que queria ficar com o menino. Achei tão esquisito que desatei a rir, acabamos brigando mais uma vez. Fingi deixar o assunto de lado, certa de que a lei me protegeria, filhos pequenos ficam com a mãe. E era evidente que a criança ia querer morar comigo. Íamos nos mudar para a nova cidade, primeiro para o apartamento de uma amiga, depois para a casa de Antônio. Tudo perfeito.

Mas Lucas não era uma peça numa engrenagem lubrificada; e quando comecei a falar em morarmos em outro lugar, ele simplesmente não quis. Por mais que eu tentasse convencê-lo, lidava com uma lógica de ferro, a de sua cabecinha de menino feliz: queria o mundo sólido, pai e mãe unidos, a casa de sempre. Tudo o que ameaçasse essa ordem era recusado, por fim o menino começava a chorar mal eu tocava no assunto. Fui perdendo terreno, e me desesperei.

Tive mais uma briga com Marcos, e saí de casa intempestivamente, certa de que, longe de mim, meu filho logo ia querer estar comigo. Mas Lucas não precisava tanto de mim quanto eu dele; e era mais apegado ao pai do que eu tinha sonhado.

Passei noites lembrando o quanto o deixara de lado correndo atrás da minha profissão, e quantas vezes o pai cuidava dele, levava a passeios, fazia dormir enquanto eu atendia partos. Era Marcos quem, com um trabalho menos absorvente do que o meu, lhe dava banho quando a babá não estava; era Marcos quem lhe contava histórias quando eu estava cansada demais.

Havia laços especiais entre eles: eu ficava de fora, sem notar. Fui para o apartamento que tinha alugado por pouco tempo, e Lucas permaneceu em casa com o pai. Agora eu era uma mãe de fim-de-semana.

Quase todos os dias eu passava em casa e o levava para passear. Lucas estava sempre calado, e logo queria voltar. Um dia, vendo-o tão encolhido junto da janela do meu carro, não me contive:

— Filho, você anda zangado com a mamãe?

Ele enrijeceu o corpo: um menino agarrado ao carro de brinquedo que o pai acabara de lhe dar; olhava para fora do carro; de repente, ainda sem me fitar, disse num grave tom desiludido:

— Tem mães que moram com os filhos...

•

Vários meses vivi assim dilacerada. Os encontros com Lucas eram ruins para ele e para mim. O menino ficava ansioso, eu penalizada de vê-lo com sua estranha orfandade, que me lembrava a minha própria, tanto tempo atrás. Os encontros com Antônio também andavam ruins, e mais raros, nem sempre ele conseguia vir até a minha cidade: era preciso uma decisão. Quanto tempo viveríamos assim, separados?

De um lado, medo por meu filho; de outro, pânico pelo meu amor. Então decidi vir para cá de uma vez, mas a estada na Casa Vermelha, que seria de semanas, estendia-se como um mar onde Antônio já não conseguia ser uma tábua de salvação confiável.

Hospedar-me nesta Casa Vermelha me pareceu natural; aqui estava Gabriel.

E aí Antônio começara a se transformar. Ou já estava assim antes, e eu, enrolada em meus dilemas, não tinha percebido? O entusiasmo por morarmos juntos arrefecera? Eram evasivas ou problemas reais que o faziam adiar até uma visita minha à sua casa? Depois, a história de seu filho, mencionada tão vagamente que não chegara a me impressionar: ou, mais uma vez, eu é que, concentrada em mim mesma, não tinha recebido o recado?

Tivemos discussões; eu me revoltava; sentia-me parecida com minha vizinha de frente na Casa Vermelha diante da janela e com a porta apenas encostada esperando algo que conferisse significado a tudo aquilo.

•

Hoje depois do jantar converso um pouco mais com as Moças. A Loura, o tempo todo com a mãozinha magra sumida na mão vigorosa da outra. Está em tratamento médico, me contam, quando comento que está tão pálida. Moram juntas há muito tempo, a Morena veio lhe fazer companhia. São como irmãs, dizem, mas nesse momento não me encaram.

Alegra-me que aqui ninguém saiba de minha profissão. Exceto o Gnomo, mas este não conta. Eu detestaria ser questionada, consultada, convocada. O anonimato me protege: fico sozinha. Mas há momentos em que ser tão desconhecida num lugar me dá medo: andar pela cidade, e nem um rosto familiar, alguém amigo batendo à porta; Lucas não subir na minha cama pedindo para dormir comigo "só um pouquinho".

As Moças parecem aguardar confidências minhas, essa pequena fraqueza humana me comove. Falo coisas vagas; estou separada, vou casar de novo. Meu namorado está reformando a casa, logo vou para lá. Digo isso, e o coração se aperta: *irei?*

A desconfiança corrói tudo, meu amor está recortado como os velhos beirais de madeira da Casa Vermelha, trabalhados pelos cupins mais do que pela mão do artista que os criou.

A Moça Morena pergunta se tenho filhos.

— Tive. Quer dizer, tenho. Um menino. Mora com o pai até eu estar na minha casa nova.

— Crianças não vivem direito longe da mãe — arrisca a Moça Loura.

Tenho o impulso de dizer que também vou ser mãe do filho de Antônio, um menininho doente. Mas fico calada.

Depois vou até a varanda, debruço-me na amurada; se saltasse daqui morria, arrebentada nos penhascos, ficaria enganchada numa dessas árvores altíssimas? Ou sairia voando: até um daqueles navios iluminados e imóveis. Partir para onde não haja meninos de seis anos correndo pelas ruas, nem um homem apaixonado que me atrai e parece agora me deixar no meio do caminho.

Quando volto pelo refeitório para subir ao quarto, não há mais ninguém lá senão as duas mulheres apaixonadas. Sentam-se uma diante da outra junto de sua mesa vazia, sem se tocar nem com as pontas dos dedos: imersas na mútua contemplação.

E seu amor crepita como fogo de lareira.

(No último degrau, sentado no escuro, o Anão ri baixinho.)

•

(Preciso urgente construir uma casa para Lucas; um abrigo qualquer. Só consigo escavar a terra com as unhas, tentando abrir uma espécie de caverna; cova. Na terra preta e grudenta surgem escorpiões, vermes; venço qualquer repulsa para salvar meu filho, revolvo a terra freneticamente. Então, sangue: cortei os dedos em lascas de vidro verde, como as bolinhas de gude com que Lucas brincava. Quando me viro à procura dele, para o ajeitar naquela estranha cama de terra preta, ele desaparece; meus cabelos estão cheios de insetos repugnantes, que tento em vão arrancar. Ouço a risada cínica do Anão.)

•

Venezianas abertas sobre a madrugada quente. Sombras imóveis, vozes noturnas: pios, gritos, gemidos. Um súbito rumor, um pé-de-vento, depois tudo se acalma. Os gatos estiveram miando desesperadamente, agora estão quietos também. Meu vizinho de cima caminha boa parte da noite em seu quarto, com certeza devorado de insônia. Ou também a ele esses ruídos na noite não deixam dormir?

Deito-me vestida sobre a colcha áspera. E tudo o que desejo, agora como em tantos outros momentos, é voltar para casa. Antônio, vida nova e traições antigas, projetos, tudo se torna secundário. A saudade de meu filho, de minha casa, de meu trabalho, das coisas mais insignificantes da vida que levei, é como um grande tumor inflamado dentro de mim. Choro, repetindo feito criança no escuro:

— Quero ir para casa, por favor, quero ir para casa — mas nem sei a quem me dirijo.

Estacionar o carro, abrir o portãozinho baixo de madeira que sempre range; virar a chave na porta, receber Lucas nos braços, seu corpo quente, seu rosto alegre, como era antes de sua mãe ir embora; dar-lhe banho; contar histórias; esperar que sua respiração regular me diga que está dormindo; e então ainda ficar longo tempo sentada segurando sua mão, e pensando no milagre de tudo.

Mas só tenho essa espantosa solidão; insegurança; e medo, medo. O que será minha vida com Antônio? Poderei me reconstruir ou terei sempre essa sensação de estar mutilada, fora do mundo, dos segredos e do afeto alheio? E qual é o segredo que agora afasta esse homem de mim, embora ele negue?

Antônio não fala mais no filho; é como se pedisse: Jogue comigo esse jogo.

Ou é tudo impressão minha? Não sei.

Nestes dias tenho sempre companhia no espelho sobre a cômoda. Não olho para lá a não ser raras vezes, e minha mãe passa ali no fundo, vagarosa; olhos de bruxa, e uma atração que me arrastaria a um abismo se eu me aproximasse dela.

•

O Anão apareceu em casa de meu pai no dia em que descobri que minha mãe bebia. Pelo menos, foi nesse dia que se apresentou a mim.

Eu sempre tinha sabido que havia coisas erradas com ela; meu pai apenas dizia que era uma pessoa especial, precisava de ajuda. Qualquer um via logo que não era uma mãe como as outras: não se interessava por mim nem por Gabriel, não vigiava nossa saúde, não cuidava de nossa comida, não se interessava pela nossa escola, não ria nem ralhava. Falava pouco, distraída. Fechava-se no quarto; só à noite, nos seus períodos melhores, ela desabrochava; arrumava-se toda, saía com meu pai.

Mas às vezes tinha crises: dizia coisas sem sentido, dava grandes risadas. Sua voz, monótona mas bonita, ficava rouca e a fala vagarosa.

Eu tecia uma série de fantasias em torno dela: era uma espécie de rainha de um país distante, que só condescendera em ser minha venerada mãe com a condição de que não lhe exigissem demais, não a incomodassem naquele seu estado de sonho.

Naquele dia ela fez uma cena à mesa, não sei mais por que razão, ela não precisava de razões. Ficou agitada; meu pai se ergueu para, docemente como sempre, levá-la dali. Gabriel batia no prato com a colher, balançando na sua cadeira alta. Eu estava amedrontada; constrangida; triste. Essas crises, embora raras, me perturbavam.

Nisso minha mãe gritou alguns palavrões, e foi subindo a escada, quase empurrada por meu pai.

Lembro que mais tarde me esgueirei até o quarto dela; queria ver se estava lá, se estava bem. Se era ela mesma ainda, e não alguma entidade maligna que tomara seu lugar.

Bati; ninguém respondeu; entrei, joelhos tremendo.

Provavelmente naquele tempo meu pai já não dividia o quarto com ela; não havia sinal dele. Aspirei o perfume conhecido para me tranqüilizar: mas havia um cheiro desagradável, que não identifiquei logo.

Minha mãe não parecia uma rainha agora: de bruços na cama, roncava alto; cabelos muito compridos soltos, desalinhados; as pernas nuas, o robe erguido. Cheguei perto, vi as manchas na colcha, na roupa: o cheiro nojento era do seu vômito, que sujava tudo.

Recuei, chorando. Uma empregada entrou sem bater, trazendo balde e panos; no rosto, mau humor e irritação. Começou a limpar tudo, falando alto, mas minha mãe nem se mexia. A moça repetia, amargurada:

— Bêbada de novo, essa sua mãe. Coitado do patrão. E coitadinhos de vocês, coitadinhos de vocês.

Éramos Gabriel e eu os coitadinhos. Saí correndo para chorar no quarto. Eu conhecia bêbados de rua, gente em geral maltrapilha, de quem meu pai me afastava e me aconselhava a fugir. Mas ela, a minha rainha a quem eu admirava tanto?

Eu ainda chorava deitada na cama, quando escutei pela primeira vez a voz cacarejante de meu futuro amigo:

— Pare com isso, bobona. Deixe sua mãe em paz.

Levei um grande susto, não tanto por ser tão pequeno e tão velho, mas por ter entrado sem fazer nenhum ruído, e por saber a razão do meu choro.

Sentei-me, limpei o rosto, a dor em segundo plano: aquela figurinha me intrigava. Ele sentou-se a meu lado, trepando na cama com certa dificuldade; ficou olhando, como se me achasse muito boba.

Eu conhecia anões de livros, mas não se vestiam daquele jeito; também não era um anão de circo: esse aí usava roupa preta, séria, um chapeuzinho antiquado, na mesma cor.

— Você é uma criança velha ou um homem pequeno? —

perguntei, e me arrependi na hora, porque ele pareceu zangado.

— Eu sou só um anão — respondeu amarrando a cara, e não insisti.

•

Dias depois, contei a meu pai o que a empregada tinha comentado sobre minha mãe. Uma bêbada. Ele desmentiu tudo:

— Nós já falamos sobre sua mãe várias vezes, filha. Você precisa entender: ela apenas não tem boa saúde. É sensível demais. É... uma pessoa diferente da maioria. É preciso cuidar dela como de um objeto delicado e precioso. Mas não há nada para você se preocupar ou ter medo. E agora seja boazinha: vá brincar com seu irmão.

Saí pensando que ele realmente tinha um ar de tristeza, a moça tinha dito: pobre do patrão.

Depois disso, sempre que eu sentia medo por ter uma mãe bêbada e procurava no vago rosto dela sinais de sua singularidade, dizia para mim mesma, para me acalmar: Ela é só doente, coitada, é só doente.

Também passei a me divertir com o meu Anão: ele inventava histórias macabras, me mostrava esconderijos na casa e no jardim, trazia insetos estranhos e pedras diferentes com cara de macaco, de porquinho. Chegava e sumia, pregando-me peças que parecia achar divertidíssimas.

— Seu pai não gosta de mim, por isso é melhor não comentar que a gente se conhece — disse um dia.

Achei natural, e nunca falei nada. Ele vinha nas horas mais inesperadas, andava pelo meu quarto, pegava livros de história e brinquedos; remexia gavetas; às vezes, me aborrecia; outras, ia ao jardim comigo, achava ninhos de pássaros; trazia na mão um passarinho morto e ria de mim quando eu ficava compadecida.

— Onde você mora? — indaguei mais de uma vez.

Ele fazia um gesto impreciso: ali... E quando eu insistia, perguntando se morava no sótão, ficava emburrado.

Morou por ali até eu crescer um pouco mais; depois da morte de minha mãe, simplesmente se foi. Eu estava tão perturbada que nem me importei.

Mais tarde, livre da promessa, eu disse a meu pai:

— E aquele Anão que andava por aqui?

Ele achou graça; foi um dos poucos lampejos alegres naquele tempo:

— Vai ver fugiu com a Branca de Neve... — e conseguimos rir.

•

Delícia, o meu banho demorado, mergulhada até o queixo na água morna; tomo mais de um banho por dia agora por causa do calor, e porque me conforta. Nesse limbo de águas suporto melhor a vida.

Mas preciso de mais do que consolo: preciso de ânimo para ir ao trabalho que minha velha Freira arranjou, compreensiva. Deixo o cabelo molhado solto, escolho um vestido ao acaso. Não vou encontrar Antônio, há dias ele só me fala ao telefone. Comenta seu desejo de me ver, diz palavras apaixonadas, mas está ocupado demais; de modo que também ele de repente parece fora do meu mundo, ou eu do mundo dele, como estive fora do segredo de minha mãe; quem era ela, afinal? Fora do enigma do Anão, das preocupações de meu pai, da doença de Gabriel, e agora fora do pequeno mundo de meu filho Lucas.

Quando estou saindo da Casa Vermelha, telefonema de

Antônio: combinamos encontro no motel, esta noite. Por que não vamos logo para a sua casa? quero perguntar, mas me contenho. Ele me ama ainda, me ama, é só o que interessa. Tenho me sentido tão insegura e carente que qualquer coisa me animaria. Comecei a viver de migalhas.

Depois do trabalho, vou subir e visitar Gabriel; talvez convide as Moças para virem conversar um pouco no meu quarto; banhada e perfumada para uma noite de amor neste meu deserto, sentirei que afinal ainda estou viva.

Mas é possível que, como tem acontecido agora, quando Antônio faz amor comigo, intenso como sempre, atrás de seu ombro eu veja o rosto triste de meu filho. E vou me sentir estranha, distante do que se passa na cama. Não posso me permitir ser feliz como mulher se, como mãe, abandonei meu filho.

Mesmo assim, enfrento o dia. No almoço estamos só eu, um grupo de estudantes, e aquele homem solitário, meu vizinho de cima. Cabelo branco, rosto sem idade, magro. Olhos aguados. Caminha rígido como se tivesse a coluna emperrada. Sempre que passa por mim sinto um sopro de frio: homem sinistro, concordam as Moças.

O telefone toca uma vez durante o almoço, uma das Criadas faz sinal de que é para mim.

— Homem ou mulher? — pergunto em voz alta, os estudantes se viram, olham. Ela faz que é mulher, segurando as pontas do avental. Sinalizo de volta: *não*.

Deve ser a Voz: hoje não suportarei a sua baba. Saio pela tarde escaldante. Sempre esse nevoeiro que se enrosca nas árvores como algodão. Pego um táxi no fim da ladeira. A previsão desta noite com Antônio me alegraria se não houvesse, nas calçadas, ou em velozes automóveis, tantos menininhos que poderiam ser Lucas.

•

Em vez de logo visitar Gabriel, antes do jantar chamo as Moças para virem ao meu quarto: tenho sido pouco simpática com elas; preciso de presenças simples, para falar banalidades, porque meu coração está povoado de assombrações. Elas chegam: a Loura caminha sustentada pela outra. Sento-me de modo a poder ver a floresta enquanto conversamos; está anoitecendo sobre as grandes árvores, e nada se move no calor.

A Morena pergunta se gosto desse mato.

— Muito. Mas à noite me assusta um pouco — respondo, sincera. — Bichos gritando, macacos, os gatos que vêm para os telhados. Sabem que naquela árvore maior há macaquinhos?

A Loura arregala os olhos como se quisesse enxergá-los; a Morena acha engraçado, nunca reparou. Pergunto-lhe se é possível passear na floresta.

— Proibido, filha — diz ela. — É reserva. Não se pode entrar.

— Reservado para quem, se não se pode andar nela?

A Morena e sua amiga não sabem. Meu Anão deve saber, vou indagar dele. E quem sabe ele conhece algum modo de entrar? Sempre foi mestre em descobrir passagens secretas.

As duas se vão. Hora de visitar Gabriel.

Paro um instante diante do quarto da Velha; a porta está entreaberta, acho que só a fecha quando vai dormir. Ela, como sempre, junto da janela. Perfil recortado contra o caixilho, tricô esquecido no colo. Contempla a bruma que hoje esconde o mar, onde nem se vêem as luzes dos navios, que já devem estar acesas. Que visitante ela aguarda daqueles lados? Ou é apenas o alheamento que a vai invadindo?

Ainda não fui ver o mar de perto, apenas o escuto do quarto de motel em que Antônio e eu nos encontramos; onde daqui a pouco vou estar com ele, vibrante e, quem sabe, uma vez mais, feliz.

Antigamente eu era boa nadadora; ia além da rebentação com meu pai; Gabriel e sua babá na areia, minha mãe debaixo de um guarda-sol, desinteressada.

Mas na época em que descobri a primeira traição de Marcos, num fim de semana na praia, descobri que tinha mudado: eu não gostava mais do mar, perdera a intimidade com ele, tinha medo. Alguma coisa obscura me ameaçava no fundo das águas: medusas, anêmonas, dentes afiados? Não sei dizer, mas deixei de entrar no mar, e mesmo numa piscina funda preciso controlar o pânico.

•

Não quero enfrentar hoje a melancólica velhice da minha vizinha; basta-me o peso de encontrar Gabriel. Subo ofegante outro lance de escadas. O Enfermeiro pergunta quem é, quando bato à porta; abre uma fresta, como se precisasse se certificar de que sou eu. Esse homem me inquieta. Há nele um segredo: como pode ficar com meu irmão tantos anos, dias inteiros? Preciso tratá-lo bem, o que seria se ele fosse embora? Eu não conseguiria cumprir suas funções nem por duas horas.

O pequeno apartamento de Gabriel tem uma saleta, um quarto, um banheiro. No quarto, duas grandes janelas gradeadas além das quais a floresta abre seus braços dia e noite para meu irmão: ele não quer que se fechem as venezianas. Madame não gostou quando Marcos disse que era preciso colocar grades; nas janelas da frente, mudariam a fachada da Casa Vermelha. Mas um dinheiro a mais amoleceu a objeção, e Gabriel está protegido de si mesmo.

— Ele dorme com luar batendo na cara — disse o Enfermeiro certa vez, mas achei graça: que diferença faria para Gabriel, banhar-se de sol ou de lua? Imaginei-o feliz, lunático e enluarado. Gabriel estava além de todos os esconjuros.

— Está calmo hoje — diz o Enfermeiro, sem que eu indague. Meu irmão também vive numa redoma de vidro, ou numa bolha de sabão. Pinta seus quadros, toca seu violão esquisito que mais parece um alaúde, do qual tira sons desafinados e, de vez em quando, melodias bizarras. A maior parte da vida, porém, passa enfiado no seu casulo, olhando o teto ou as copas da floresta.

Até a voz do Enfermeiro me desagrada: quase tão obscena quanto a que me ataca ao telefone, voz de treva e sangue, anônima.

Mas procuro ser simpática:

— Está melhorando. Graças a você.

O homem raramente tira folga, então deixa em seu lugar um adolescente de ar pasmado, que só vi uma vez. Quem sabe compreende a conturbada alma de meu irmão? Nunca vi esse homem fazer nada: não lê, nem jornais; apenas assiste à televisão, mas com o som desligado: de modo que vai construindo na tela muda suas próprias histórias.

Correu à minha frente como um mordomo servil, abriu a porta do quarto.

Meu irmão está sentado sobre a colcha da cama, encosta-se na cabeceira de ferro igual à minha, pernas esticadas. Apenas um calção curto por causa do calor.

Todo seu corpo é liso, muito branco, pernas e braços quase sem pêlos. O peito branco e quase infantil. Imagino se terá pêlos no sexo, mas afasto a idéia. Gabriel tem mais de trinta anos; mas sua barba é uma penugem adolescente, o cabelo castanho, comprido como o meu. Às vezes, também como eu, prende-o na nuca, ou o Enfermeiro faz isso por ele. Então, com esses olhos e essa brancura, parece-se grotescamente com nossa mãe.

Em criança era louro, depois escureceu; o menino gordinho e sossegado virou essa criatura imensamente triste, rápidos lampejos malignos no olhar. Teve fases agitadas, manias repugnantes, deu muito trabalho; afinal caiu nesse torpor do qual só sai para pintar e tocar.

Hoje, parece bem. O cheiro de tinta mostra que esteve pintando; por toda parte telas encostadas nas paredes, empilhadas no chão, e embaixo da cama.

Como sei o que ele invariavelmente pinta, não tenho curiosidade de ver.

Parece notar quando me aproximo, estende vagamente o rosto para um beijo. Já tive muito medo dele; nojo e rejeição. Hoje sinto apenas curiosidade e pena. Seu rosto macilento é o de um Cristo.

— Você devia tomar sol — digo, só para ouvir a minha voz.

Aí lembro que ele não deixa fechar a veneziana: em certas horas do dia há de poder tomar sol aqui mesmo, sobre a cama. Mas tem uma cor de cera.

Seria bonito se não fosse sinistro: o rosto vazio de um grande anjo apalermado. Olhos arregalados de nossa mãe: sombras passam no fundo tão verde.

Ele sorri desinteressado; mas quem olhar melhor talvez veja atrás dessas vidraças foscas os olhos de um tigre à espreita.

Então começa a falar; o que é inusitado, porque em geral fica nesse mutismo; levo um sobressalto sempre que o escuto, pois sua voz é de menina.

— Você está bonita... — não me olha, mas sorri. — Como vai seu filho? — indaga de repente.

Sinto uma pontinha de gelo percorrer minhas costas de cima a baixo. Gabriel não pode saber que tenho um filho.

Mesmo que o Enfermeiro soubesse, e lhe contasse, ele não costuma guardar informações: a realidade externa escorre sobre sua memória como água nas asas de uma remota ave-do-paraíso.

A voz dele: o que há de errado com meu irmão? Um caso difícil. Fora da minha especialidade. Nada a fazer, senão tratá-lo com humanidade, disseram os muitos médicos que meu pai consultou quando era vivo. Talvez o Enfermeiro com ele seja humano; meu pai lhe deu afeto enquanto pôde, mas depois Gabriel se distanciou demais, nada o atingia. E eu, quando se perturbou, afastei-me dele: queria viver a minha vida, sem carregar, além da mãe bêbada e morta, um irmão louco. Por muitos anos praticamente ignorei Gabriel; tinha notícias dele por nosso pai, cada vez mais envelhecido. Como médica, eu lidava com a vida: não queria saber daquela espécie de morte. Marcos continuou com a tarefa de prover tudo o que Gabriel precisasse, e ainda faz isso pelo cunhado lunático, mesmo depois que nos separamos. Marcos é um homem decente.

Passo a mão pelo cabelo macio de Gabriel; sinto a dolorosa inutilidade de minha presença: ele está longe. Ou mais perto do que penso? Por que perguntou por Lucas? Lembro o desenho que o Anão me passou há dias: o palhacinho com a cara de meu filho.

Para me distrair, começo a ver as pinturas: em todas elas, o mesmo inexplicável tema. Palhaços. Grandes e pequenos, moços, velhos, alegres, patéticos, aos pares ou sozinhos. Aqui, dois palhaços de mãos dadas, corpos encostados, quase gêmeos siameses; ali um palhacinho sentado num tamborete chora com o rosto apoiado na mão, como um anjo de cemitério. Na parede junto da cama de Gabriel, o quadro maior de todos: em tamanho natural, o retrato do próprio Gabriel, vestido e maquiado de palhaço. Trejeito feminino do corpo apoiado numa perna, quadril arqueado, uma das mãos na cintura, na outra uma flor lilás. Fecho os olhos: esse quadro sempre me dá vontade de morrer.

Gabriel agora olha o teto como se eu não estivesse ali: seu coração é uma floresta na qual ninguém penetra. Saio do quarto quase correndo, mal me despeço do Enfermeiro na saleta; ele contempla a sua televisão muda e não se incomoda comigo. Mas, já no corredor, ouço-o dando volta à chave.

É quase noite. Ando como cega tateando as paredes; uma claridade entra pela janela do meu quarto, deixei a veneziana aberta. Faltam alguns minutos para o jantar, mas quem quer comer?

Esticada sobre a cama, olhos fechados, penso em meu irmão. Revejo-o criança; depois na cama da mãe morta; suas mutações até transformar-se nessa criatura de agora. Nunca teve chão bondoso onde se deitar, criar raízes, construir sua personalidade e uma vida sua. Escondeu-se numa fenda, de vez em quando lança para fora um olhar mau.

Na escuridão sufocante ouço com raiva e certo consolo a risadinha cacarejante do Anão, escondido embaixo da minha cama.

•

(Um céu azul claríssimo na janela; bolas translúcidas flutuam como bolhas de sabão; feitas de uma espécie de tule engomado. A visão me enche de doçura e paz.

Uma delas chega bem perto: inclino-me na janela para tocá-la. Dentro, como uma gaiola, duas mulheres abraçadas, também transparentes, feitas do mesmo material da bolha em que viajam.

Não há pressa nem ruído. Tudo suspenso como se fosse eterno: as bolas vão, voltam, giram, lentamente.

Então como quem entende um fundo mistério, digo em voz alta:
— *Isto é a Inocência. E a Morte.)*

•

Afinal decido não descer para o jantar. Visitar Gabriel me perturbou. Alivio o estômago dolorido com um copo de leite que as Criadas me trazem: doce e gelado, única coisa boa que alguém já me deu nesta Casa.

Mas o copo estava engordurado. Pelo menos, daqui a pouco estarei com Antônio; insegura como estou agora, às vezes tenho medo de que não me ame mais, noutras sinto-o saudoso e ardente.

Parece que meu estranho companheiro do quarto de cima também não vai comer: continua caminhando, arrasta móveis, hoje começou cedo a sua errância. Passos fortes como se calçasse botas; mas outro dia olhei: usa apenas sapatos gastos.

Talvez nem esteja procurando, mas fugindo. Um intelectual em busca da inencontrável verdade, um artista esconjurando seus fantasmas, um marido traído, um traidor? Um criminoso fugido?

Alheado demais: criminosos hão de andar à espreita de vítimas, e esse ali em cima não olha para ninguém.

Um miado selvagem vara a noite que mal começou.

•

A noite de amor com Antônio, no motel onde se ouve o mar, foi uma noite de fingimentos. A gente fingia que estava tudo bem mas estava tudo mal. O ressentimento pelo tempo que me faz passar na Casa Vermelha está me deixando distante dele.

— Você sabe o que é andar pelas ruas e nunca conhecer ninguém?

— Meu bem, você logo estará integrada na cidade. Tenha paciência.

— Não consigo me concentrar, não consigo nem fazer aquele trabalho idiota da secretaria, não tenho alegria em nada. Choro sem motivo. Será que não foi tudo um erro?

— Você fez o que estava certo, a gente se ama, seu casamento tinha acabado.

— Mas Lucas...

— Seu filho está bastante bem, em casa, com a babá e o pai. Logo vai estar com você, conosco.

— E o seu filho?

— Está bem. Você vai conhecer.

— Será que ele vai gostar de mim?

—Fique tranqüila, meu bem, fique tranqüila.

•

Noite de amor, madrugada de lembranças. Lembro Gabriel menino, quieto, brincando com seus blocos de madeira; lembro dele olhando nossa mãe à mesa, estendendo a mãozinha para lhe tocar o belo rosto: ela se desvia, fingindo que é por acaso.

Mas ele não me parecia uma criança rejeitada ou difícil. Meu pai, afetuoso, brincava com ele quando tinha tempo e disposição; era um homem melancólico mas sabia rir, e fazer rir; seguidamente caminhava pelo jardim enquanto Gabriel brincava num monte de areia: lembro meu pai caminhando na trilha de lajes, mãos nas costas, testa franzida, ombros curvados como quem carrega grandes pesos.

Tive muita ternura por Gabriel na infância: ensinava-lhe palavras e gracinhas, erguia castelos com blocos de madeira para ele derrubar; ria da sua fala atrapalhada; lembro dele trotando atrás de mim pela casa.

De nossa mãe, lembro o abraço negado, o olhar fugidio, o sorriso ausente; lembro sua andança pelos corredores, copo na mão; lembro perfume, e gim; o passo nem sempre seguro; silêncios demorados, crises de riso. Crises.

Meu pai devia tê-la amado muito; nunca o vi perder a paciência com ela. Teve fama de marido apaixonado pela bela alcoólatra.

•

Deitada no escuro enquanto Antônio dorme, lembro intensamente minha mãe morta.

Eu teria nove anos; Gabriel, três. Ela, cada vez pior; mais tarde fui reconstruindo a história, com lembranças, comentários alheios, alguma revelação involuntária de meu pai, que depois da morte dela raramente pronunciava seu nome: mas estava gravado nele numa ferida sempre aberta.

Ela passava cada vez mais temporadas fora de casa tentando curar-se; vinha magra, pálida; por algum tempo era mais presente; depois, fugia outra vez para o seu mundo de álcool. Diziam que bebia desde adolescente. Havia períodos em que entrava nesse delírio de andar pela casa, especialmente nos longos corredores, que tinham em cada ponta um grande espelho.

Na tarde em que morreu, a casa estava muito quieta. Eu lia na sala junto de uma janela. Chovia; sempre gostei de chuva. De vez em quando baixava o livro e ficava olhando o jardim molhado. O urso de veludo escuro de Gabriel tinha ficado esquecido na grama, pensei em ir buscar, mas já estava ensopado. Papai vai ter de comprar outro, pensei.

Alguém derrubou uma cadeira no andar de cima; ou fecharam uma porta com estrondo. Havia vento. Senti frio e solidão, fui buscar companhia. O quarto de Gabriel, vazio; brinquedos espalhados. Meu pai estava fora; as empregadas talvez estivessem descansando em seu quarto, no embalo da chuva forte.

Gabriel devia estar com a babá no quarto de nossa mãe; ela certamente irritada ou querendo dormir.

Sua porta estava apenas encostada, coisa rara, porque costumava se trancar; lembro meu pai batendo à porta, ansioso, quando ela se fechava muito tempo.

No quarto, silêncio, frio e chuva entrando pela janela aberta. Tentei fechar a vidraça, que resistia ao vento.

Minha mãe estava deitada na cama, um pouco atravessada, quase tão branca quanto a colcha de cetim. Junto de seu grande corpo abandonado numa posição esquisita, de costas, mas torcido para o lado, Gabriel também dormia, parecendo um bebê que acabasse de mamar; ainda tinha entre os lábios o bico escuro do seio de nossa mãe. Fiquei paralisada com aquele seio nu: o robe desalinhado. Fora Gabriel quem tinha aberto as roupas dela daquele jeito?

Eu estava um pouco tonta. No quarto havia uma confusão de cheiros. O perfume dela, a bebida, o copo ainda no criado-mudo. Mas havia algo mais, que não identifiquei; um cheiro doce que me dava náusea. De repente tive sono; deitei-me do outro lado de minha mãe, só para descansar um pouquinho e saborear aquela tão inusitada intimidade. Pensei em apanhar um cobertor, ela estava gelada, e úmida; mas o sono foi forte demais.

Dormi, desmaiei, fugi da realidade inaceitável? Não sei.

Acordei com muitos rostos inclinados sobre nós, pares de olhos arregalados. Alguém chorava alto, repetindo:

— Meu Deus, meu Deus.
— Tirem as crianças daqui! — gritou meu pai, numa voz tão alterada que só vi que era ele porque seu rosto se destacava dos outros, uma máscara indescritível.

•

3 | *Ela se matara com um tiro*

Ela se matara com um tiro logo abaixo do seio. Eu não tinha visto manchas; o sangue devia ter escorrido todo pelo furo das costas; disseram que havia uma grande poça no tapete embaixo da cama.

Gabriel certamente bebera um pouco desse sangue, quente como o seio de que tanto precisara e que lhe era sempre recusado. Sempre nos disseram que desde o primeiro dia fomos alimentados com mamadeira. Não porque nossa mãe não nos pudesse amamentar, mas porque, confidenciou alguém um dia, esse ato lhe dava nojo.

Às vezes, em meus sonhos, Gabriel tem sangue nos lábios.

O que teria a criança gravado daquela maldita cena? Teria notado que a mãe estava morta, ao meter-se na cama com ela? Teria procurado entre as roupas frouxas o seio negado, grudando nele a boca, sem saber o que se passava?

Não sei o que recordaria um menino tão pequeno; mas, como eu, ele devia ter refeito a história mais tarde: não faltava quem falasse no caso, dando detalhes. Os comentários eram muitos; anos depois, ainda tinham piedade da bela suicida e de seus filhos.

•

Passamos uma longa temporada em casa de nossos avós paternos; não tínhamos parentes por parte de mãe. Os velhos moravam num sítio, onde Gabriel se divertia com plantas e bichos, enquanto eu me encolhia com meus livros de história, minhas fantasias e medos. Onde andaria minha mãe? Ainda vagava, nos caminhos da morte? Ou livrava-se dos tormentos que a faziam beber para fugir de nós, de tudo? O que era isso, morrer? E por que nós, que a amávamos tanto, tínhamos lhe significado tão pouco?

Nosso pai vinha nos ver de vez em quando: parecia ainda menor, mais magro. Quase não falávamos da morta nem da sua morte.

Um dia, arrisquei:

— Ela não gostava o bastante da gente, para ficar aqui?

Ele tentou ser brando comigo:

— Há pessoas que não nascem equipadas para a vida, filha, você entende isso? São boas mas sensíveis, sofrem mais, lutam mas acabam sucumbindo de uma forma ou de outra. Sua mãe nos amou como pôde.

Nunca mais toquei no assunto com ele.

Gabriel parecia normal: comia, brincava. O que saberia da morte um menino tão pequeno? Minha avó estranhava:

— Essa criança parece que nem sofreu. Ainda bem que nessa idade não se dá conta direito das coisas. — E ficava aliviada.

Muito depois, nos anos em que fui para o internato, inesperadamente ele começou a mudar: de quieto e afetuoso passou a agitado e desobediente; já entrara na escola, mas dava-se mal; tiranizava os criados, atormentava animais de estimação de casa e da vizinhança.

Meu pai o levava a médicos. Nas cartas, tentava me tranqüilizar, mas a cada visita em casa eu via Gabriel pior: no fim era quase um desconhecido. Passei a ter medo dele, e às vezes preferia passar as férias com alguma amiga.

Gabriel teria bebido veneno com o sangue de nossa mãe, naquela tarde?

•

(Estou de volta à casa de meu pai; tudo tão diferente, não tenho mais orientação; ando por corredores e salas, tudo decaído, velhíssimo. Um porão, espécie de adega ou subterrâneo, com teias de aranha; num canto, um grupo de mulheres velhas, vestindo farrapos; cabelos desgrenhados e brancos como farrapos também.

Quero sair, fugir, mas não há escada. Uma das sinistras mulheres destaca-se do grupo: guarda traços de minha mãe, é ela, decrépita e desfigurada. Quero fugir, mas também quero tanto vê-la de novo. Chamo: Mãe, Mãe!

Minha voz abala o porão, a casa, e os espectros que se atiram sobre mim e me sufocam.)

•

— Mãe! — é a voz de Lucas, próxima e clara. Voz de menino assustado, como quando tinha pesadelos e me chamava de seu quarto pegado ao meu.

Já lúcida, escuto outra vez, baixinho:

— Mãe...

Acendo a luz embora esteja clareando no quarto. A Casa Vermelha no amanhecer cinzento. Não estou mais no meu antigo mundo; cada dia, ao acordar, ainda preciso me certificar de todas as minhas perdas. Começo com essa sensação de ter as pernas amputadas, o coração um torrão grosso de sal numa ferida aberta.

Tenho de me arrastar, cada manhã, para o novo dia e a vida.

Não foi meu filho chamando: ele não estaria neste velho barco ao léu. Mas não é a primeira vez que tenho essa ilusão. Outro dia, na rua, escutei alguém chamar alegremente:

— Lucaaas!

Virei-me, num milagre meu filho estava aí? Mas, numa dolorosa inveja, fiquei olhando da janela a mulher de cabeleira vermelha, braços abertos, acolhendo um menininho parecido com o meu, que corria para ela.

•

Tiro a roupa úmida do suor da madrugada maldormida, deixo correr água morna na banheira e me escondo nela.

Preciso refazer minha relação com Lucas e arrumar minha cabeça atormentada, ou vou ficar mais doida que meu irmão. Minhas visitas têm se espaçado, agora o menino pede indiretamente que eu não vá.

— Hoje o papai vai me levar ao circo, lá tem palhaço... tem anão... fica pro outro fim de semana, tá bom, Mamãe?

Largo o telefone como se largasse para sempre a mão de meu filho.

Os encontros agora são cada vez mais constrangidos, um clima artificial e forçado, o menino remexendo-se inquieto; ele já não sabe onde me colocar na estrutura de seu mundo rachado, que tenta colar outra vez, mas no qual não caibo.

Seguidamente reclama de dor de estômago quando está comigo. Sinto que se despede de mim, diante da casa do pai, com mais alívio do que tristeza.

Faz quase quinze dias que não o vejo. Em outros tempos eu teria rido da pessoa que me dissesse: Virá um tempo em que você não verá seu menino nem uma vez por semana... Aí sinto essa vontade de largar tudo, voltar de rastros: Pelo amor de Deus, Marcos, me receba outra vez, faço o que você quiser, tudo.

Meu filho que nem terminei de criar; não vou acompanhar suas descobertas, resolver seus problemas, observar seu crescimento. No último passeio, contou que tinha nadado tão bem que o professor o elogiara muito; meu Deus, eu nem sabia que ele estava na escola de natação.

Nessas horas eu queria voltar para casa, voltar, viver sem Antônio, sem amor, sem nada. Suportaria até mesmo as infidelidades de Marcos, faria com ele um pacto fraterno, me deixa ficar aqui só como um bicho lambendo as feridas.

Mas sei que não tem mais volta. Marcos está magoado e deixou de me amar. (Antônio me ama, mas o futuro é um rosto estranho que não me encara mais.)

•

— O Papai disse que você foi embora porque não gosta da gente.

— Seu pai não fala sério, Lucas.

— Fala sim. Outro dia até chorou.

— Mas eu adoro você, filho. Só não posso morar aqui na casa porque seu pai e eu estamos meio brigados. Venha morar comigo, a cidade fica tão pertinho daqui, você vem ver o papai todo fim de semana ou ele vai te visitar...

— Eu quero morar na minha casa. Na minha cidade. Com meu pai e com você.

•

Hoje estava tão deprimida que telefonei dando uma desculpa qualquer na escola; não fui trabalhar. Passei a tarde no quarto da Velha, ouvindo sua assombrosa história; antes ela contava algumas coisas desconexas, mas esta tarde, mais lúcida talvez, conseguiu costurar os detalhes e me fazer entender.

Uma inacreditável história para quem vê essa velhinha discreta, cabelo de algodão preso num coque, metido numa redinha transparente, com minúsculas contas azuis.

Teve uma vida boa; alegre; dois filhos, marido bondoso, cotidiano tranqüilo, tudo sólido.

Cada ano, passavam dois meses de verão numa casa de praia. Num dos verões, o marido, ocupado demais na cidade, ia só em fins de semana, às vezes saltando um. No começo sentiu falta dele; embora o casamento estivesse sem graça, ela às vezes indagando do fundo do seu coração inquieto: é só isso, a vida?

Aparentemente aguardava a maturidade com a calma das mulheres bem instaladas; mas a vida lhe preparava uma armadilha.

Sozinha e insatisfeita, acabou naquele verão apaixonada por outro homem. Foi tudo tão inesperado e louco que nem pôde se defender; nem se deu conta, a tempo, da paixão iniciante que logo lhe varara a entranhas. Fugiu como pôde, agarrou-se aos filhos, ao marido, aos preceitos, à virtude longa e facilmente exercida.

Mas o demônio soprava na sua alma.

Deixou de ir a todos os lugares onde pudesse ver o sedutor. Não saía sem os meninos. O marido veio e ela se entregou como nunca, no redemoinho que eram agora suas emoções. Ele partiu, novos tormentos.

Acabou cedendo ao perseguidor: agora ela própria o perseguia (como quem, obcecado, persegue a morte). Abraços, beijos, palavras doidas, e combinaram um encontro longe, nas dunas desertas.

Tarde quente; crianças dormindo cansadas da correria da manhã na praia; empregada provavelmente na casa vizinha. Ela saiu pela areia, caminhou descalça, e era como se já estivesse nua. Encontraram-se no local marcado, rolaram pelas dunas como bichos, delírios que ela não conhecera nem na lua-de-mel.

Muito mais tarde recompôs-se, tentou tirar a areia da pele e da roupa, e voltou para casa, feito sonâmbula. Já nem pensava em traição: apenas dizia a si mesma, a meia-voz, enquanto caminhava:

— Eu tenho de viver isso; eu *tenho*.

Chegando perto de casa, viu de longe, no lusco-fusco, gente andando de um lado para outro. Quando a viram, acenaram-lhe, alguns vieram correndo ao seu encontro. Quase a carregaram para casa; instalaram-na na poltrona de vime, deram-lhe água com açúcar, que ela bebeu, entorpecida, o que era aquilo, o que estava acontecendo?

Alguém disse:

— Vou pegar um calmante.

E aos poucos contaram o que havia para contar.

O filho pequeno saíra de casa depois dela; reconstituíram sua infeliz trajetória como podiam, com depoimentos de pessoas que o tinham visto. O menino teria acordado da sesta, com sede, procurando a mãe; não a encontrando, deixara a irmã adormecida e saíra de casa. Do avarandado passava-se diretamente para a praia, nas marés altas o mar quase lambia a cerca baixa. O menino se pusera a caminho. Alguém o vira, indagara da mãe, e ele apontara para a frente: lá...

Mais tarde, notando o seu sumiço, a irmã e a empregada deram alarma; acorreram vizinhos e moradores do lugar, uma aldeia de pescadores com poucos veranistas. Uma busca desesperada se estendeu pelo crepúsculo e continuava agora, noite cerrada.

A mãe não disse nada. Não soltou um ai, não suspirou, não gritou, não desmaiou. Nem acusou a filha ou a empregada. Ficou calada a noite toda, sem fechar os olhos, sem comer nem beber, ainda suja de areia e sêmen. No dia seguinte, quando se deixou banhar docilmente, a pele estava coberta de assaduras por causa da areia salgada; entre as pernas tinha o cheiro acre do sexo que a penetrara tantas vezes; pele coberta pela saliva do demônio.

E no coração trazia, para sempre, a morte.

Caiu num torpor que durou anos. Não reconheceu o marido, que a acusou e renegou; parentes a internaram; depois acolheram-na em casa, porque era mansa. Mais tarde levaram-na para um lugar no campo, com gente simples, a quem davam dinheiro para ficarem com ela.

O marido casou de novo, criou a filha; nunca mais quis ver a renegada; a filha, agora adulta, algumas vezes a vinha ver na Casa Vermelha, onde a que eu chamo de Velha acabara sendo instalada pela filha.

Por muitos e muitos anos antes disso fora a doidinha da fazenda, trancada no quarto. Tinha acessos de uma ânsia deambulatória, punha-se a correr, sempre em frente, em frente, quando lembrava do filho perdido: tinha de sair em busca dele. Então corria ao redor do quarto, só parando quando a exaustão a derrubava. Às vezes, quando precisavam limpar melhor o aposento ou achavam que devia tomar sol, amarravam-na pela cintura a uma árvore no centro do quintal. Ali ela corria em círculos como um animal cego, e com os anos cavou com as sandálias na terra uma vala onde sumia até os tornozelos. Crianças vinham de outros sítios ali perto, para a observar.

Depois, velha e grisalha, subitamente assim como tinha enlouquecido recuperou a lucidez. Ficaria certa vaguidão, mas podia viver sozinha. Não se interessou muito pelo que restara da família. Reconheceu a filha, morou algum tempo com ela, mas não deu certo, a confusão da cidade e dos netos a perturbava. Então colocaram-na na Casa Vermelha, onde estava nem ela sabia há quantos anos.

A filha pagava religiosamente a conta, mais nada.

•

Quem a vê enxerga uma velhinha mirrada de olhos apagados, que fala banalidades com os colegas da pensão, querida de todos mas bastante desligada. Olha a televisão na sala de jantar algumas vezes, mas passa a maior parte do tempo fazendo roupinhas de tricô, blusas e calções para um menino de três ou quatro anos. Ou espia pela janela. Tem certeza, mas só a mim confidenciou isso, de que seu filho ainda virá. Não o diz aos outros para que não a chamem de doida e a internem outra vez num lugar que ele acharia difícil de encontrar.

Quando termina seu relato, é quase noite. Ficamos as duas caladas olhando o mar nevoento, de onde, agora também tenho certeza, ele haverá de vir.

•

Algumas vezes o Anão não aparece nas refeições; sem ele eu me sinto mais estrangeira e mais órfã.

Acho singular a facilidade com que me habituei a ele na infância. Desde a primeira aparição no dia em que compreendi o que havia com minha mãe, até pouco depois da morte dela, ele foi nosso hóspede quase constante, e era o tema que nunca se abordava em casa. Temido e amado, às vezes eu o mandava embora, outras esperava ansiosa que aparecesse no quarto ou no jardim. Com ele eu confidenciava, com ele expressava raivas e medos. Tinha uma cara de velho gnomo da floresta, como nos livros de história, sabia brincadeiras diferentes, dizia coisas que ninguém mais dizia. Referia-se a minha mãe com misto de admiração e ironia; lembro-me de que, antes da morte dela, falou várias vezes em gente que se mata e vira alma penada, mortos vagando porque não são aceitos no céu dos bons. "Lá é muito chato", dizia ele, com sua risadinha cínica.

Não se praticava religião em nossa casa; só mais tarde, no internato, sob influência de Irmã Cândida, eu me interessaria por essa questão. Sempre achara que as meninas que iam à igreja com os pais eram bobas; religião era coisa de fracos. Em muitas coisas eu sempre me sentira diferente das outras meninas, ficava isolada nos recreios, ansiosa pela hora de voltar para minha casa, meus livros, e meu amigo.

Em compensação, a voz de sapo do Anão me ensinava segredos que nenhuma menina da minha idade sabia: era bem mais divertido do que rezar, acreditar em pecado e castigo eterno. Era ele o meu amigo, pois eu não costumava convidar amigas para a nossa casa; era uma espécie de acordo tácito entre meu pai e eu. Nunca se sabia quando a Rainha Bêbada chegaria na porta, apoiando-se no umbral para não desabar, falando com a língua pesada; ou apenas olhando com aquele seu ar assombrado que me causava desconforto.

Mas quando eu interrogava o Anão sobre ela, querendo saber o que havia, por que bebia, qual o seu drama, ele logo ficava mal-humorado, dizendo:

— Pergunte ao seu pai.

•

No internato, nos primeiros meses ao menos, também me senti perdida.

Sabendo que a filha de um amigo estava lá, e gostava, meu pai me convenceu a experimentar. Minha mãe morrera há três anos; eu vivia muito só, não andava bem de saúde. Tinha uma dolorosa insônia, acessos de fraqueza ou medo; jurava ver a morta andando pelos corredores, ouvia seus passos, via seu rosto nos espelhos.

— No colégio você vai conviver com meninas da sua idade; vai ser divertido. E se ficar muito infeliz, eu a trago de volta.

Ele era tão bondoso, e andava tão abatido, que concordei. O Anão tinha sumido logo depois da morte de minha mãe; eu estava realmente sozinha demais.

Pavor, solidão, desamparo: foi o que senti no começo. Entrava na adolescência, digeria muito mal o suicídio de minha mãe, e cheguei naquele novo mundo assustada e arrogante: quem aquelas freirinhas sonsas pensavam que eram? Envergonhava-me que soubessem da morte de minha mãe: eu era uma rejeitada.

— Ela não gostava da gente? — perguntei também ao Anão, mas desde a morte dela ele parecia doente; estava taciturno; logo depois desapareceria também.

Qual a explicação daquela morte? Algumas freiras, vendo minha revolta e perplexidade, tentaram me levar o consolo da religião; mas eu ficava ainda mais rebelde.

Minha mãe se fora, assim, sem um recado, um aviso. Nos primeiros dias depois de sua morte entrei num frenesi; estava convencida de que ela tinha ao menos deixado um bilhete para mim em algum lugar, dizendo que me amava; eu ia remexer seu quarto, queria encontrar alguma mensagem dizendo por que tinha precisado tanto nos deixar. Não havia nada: apenas suas roupas, seu perfume cada dia mais fraco, e o vazio, o vazio.

Afinal comecei a me integrar no internato. Nem tudo era ruim. Fiz amizades; tive menos medo das longas noites no dormitório, tantas camas; achei menos esquisita a forçada convivência íntima com as meninas; descobri que eram divertidos os passeios, as brincadeiras ingênuas; as freiras começaram a parecer menos tolas e alienadas: seus rosários chocalhando nas escadas, suas vozes cantando na capela chegaram a me fascinar. E havia a clausura, local inacessível onde moravam não mulheres, mas anjos.

Quando Irmã Cândida chegou na escola eu estava preparada para uma amizade profunda, e uma conversão fulminante.

•

Hoje depois do jantar saio para o avarandado, onde até há pouco o ruidoso grupo de estudantes fumava e falava alto. Há menos bruma e mais luzes. Num canto as duas Moças, ombros encostados, contemplam restos de pôr-do-sol, a Loura cada dia mais consumida. Vê-se que escuta uma voz chamando, chamando. E a amiga dela sentirá isso?

O Anão nem me olhou no jantar. Raramente fala comigo em público. Parece emburrado, como nos velhos tempos. O Enfermeiro passou pela minha mesa com a bandeja de Gabriel; num rosnado, disse rapidamente que meu irmão anda nervoso; prometi visitá-lo outra vez. Meu vizinho de cima, a quem apelidei O Enjaulado por causa de suas caminhadas noturnas, passa sem olhar para os lados; sinto uma onda de frio que parece sair dele.

—Esquisito ele, não? — disse a Morena passando o braço no ombro da outra, como para a proteger.

As Criadas que arrumavam a sala de jantar ouviram e chegaram perto, panos encardidos nas mãos, haverá alguma coisa realmente limpa nessa casa?

— É meio doido — disse uma delas.

Acho graça. Alguém por aqui seria normal?

— Madame está mandando ele embora — completou a outra. Ficaram nos olhando, e sorriam como se fosse engraçado.

Senti curiosidade:

— Ele me dá arrepios. Quem é, afinal?

— Madame descobriu umas coisas; ficou com medo.

— Coisas? — meu interesse brotava como na infância, quando o Anão vinha com as suas histórias extravagantes.

— Ele foi uma espécie de bandido — disseram as duas ao mesmo tempo.

— Bandido? — a Moça Morena riu incrédula, e a Loura sorriu debilmente.

Mas as duas patetas não souberam explicar, ficaram nos olhando, estrábicas e risonhas.

Depois voltaram juntas para o salão, atrapalhando-se ao passarem ao mesmo tempo pela porta. Elas me aborrecem mas me distraem, as pequenas intrigas da casa aliviam um pouco minha angústia.

As Moças entram em casa, abraçadas. Fico ainda algum tempo na noite sufocante. Minha solidão me assusta.

De repente alguém puxa minha saia: já sei. O Anão chegou por trás, sem ruído. Faz sinal de que me abaixe, sussurra no meu ouvido com sua voz de sapo, de repente acho parecida com a voz do telefone:

— O cara foi torturador.

Endireito-me, olho a paisagem já sem a ver. Era *isso* o calafrio que me vinha dele. Por isso caminha tanto em seu quarto à noite.

— As almas dos torturados mortos estão grudadas nele... — complementa o Anão.

As almas dos torturados mortos: são elas que o perseguem? Então, realmente, ele não procura: foge. Como minha mãe, fugindo sabe lá de que espectros.

Ele bem que deve ter do que fugir: corpos esfolados, olhos esbugalhados, vozes suplicantes, gritos.

— Espero que tirem esse demônio daqui depressa — mas quando eu disse isso, o Anão já tinha ido embora.

Quem sabe esses miados na noite são dos perseguidores dele? Se eu fosse menina, certamente o Anão inventaria esse tipo de história para me contar.

•

Apenas me instalei sobre a colcha para mais uma tarde sem ir ao trabalho, chamam lá de baixo. Telefone.

Abro a porta, faço a pergunta de costume:

— Homem ou mulher?

— Homem! — reconheço a Moça Morena, ela quase grita, animada, sabe do meu namorado.

Deve ser Antônio. Por amor de Deus, penso, me leve daqui, deste lugar tão desolador.

A voz dele continua a de um homem apaixonado: Quer saber por que eu me aflijo tanto. Mas é também uma voz tensa de sofrimento. Por que ele sofre assim?

— Quero que você venha passar aqui em casa o outro fim de semana.

— Na sua casa? — Sou tomada por uma onda de alegria e alívio, mas logo penso: E por que não *este* fim de semana? Ressentimento: por que me deixou aqui aflita?

— Estou esperando esse convite há mais de dois meses — a mágoa venceu.

Ele intervém, rápido e firme:

— Não é tanto assim, meu bem. Houve imprevistos. Não há nada no mundo que eu queria mais do que ter você comigo, aqui.

— Mas só vamos nos ver daqui a tantos dias? — logo me arrependo da pergunta; estou sempre pressionando, cobrando, talvez eu lhe cobre até dívidas que nem tem comigo. Preciso me controlar.

Desligo irritada, com uma raiva absurda. Estou infantilizada, dependente; não pareço a mulher segura, a profissional eficiente que sempre fui. Mas enquanto subo os degraus, fico mais calma: afinal vou conhecer a sua casa, o seu filho, vamos resolver tudo juntos, tudo vai dar certo.

(Mas entro no meu quarto como quem entra mais uma vez num limbo.)

•

(Estou deitada no chão de uma cozinha antiga, ladrilhos brancos e pretos em grandes losangos, tabuleiro de damas enviezado. Preparo uma injeção para me matar: injeto um líquido amarelo numa maçã vermelha, lustrosa, que vou comer para me dissolver em esquecimento, o que me dá uma grande alegria.

Faço tudo isso deitada nos ladrilhos; com o canto do olho vejo fileiras de formigas pretas correndo de um lado para o outro no chão. Quando vou morder a maçã, entendo: estão se organizando para me devorar.)

•

Hoje o trabalho na secretaria foi cansativo. As freiras não acreditam em modernidades, mas em sacrifícios e penitência, de modo que temos apenas ventiladores que pouco adiantam. Todo mundo quer notas, atestados, informações. Fim de ano chegando, calor implacável. Meu estômago se revolve e dói.

Mas também está chegando o outro fim de semana, vou conhecer o mundo do homem que amo. Um dia, Lucas virá para morar conosco. Tenho acessos de otimismo e energia. Minhas dúvidas são apenas efeito tardio da lacuna causada pela perda prematura de minha mãe, bêbada e suicida.

— Anime-se — me disse um dia com surpreendente tristeza a Moça Morena, vendo-me distraída com minhas dores — Você não está vivendo um grande amor?

No fim da tarde, quando pego a bolsa para sair, aparece Irmã Cândida. Faz dias que não a vejo. Abraça-me com seu jeito seco, é mais alta do que eu; minha mãe seria assim se fosse viva, teriam a mesma idade talvez. Mas Irmã Cândida é magra, quase ossuda, vivaz, nada ausente; e, em vez de beber, reza.

— Você parece abatida, filha.

— O calor... — faço um gesto evasivo. Apesar das vestes compridas e escuras, o calor não parece incomodá-la.

— Graças a Deus a sua Ordem ainda conserva o hábito, Irmã — eu disse no dia em que nos reencontramos, e ela riu seu riso seco:

— Querendo podemos usar vestidos comuns, ou hábitos claros. A maior parte das Irmãs jovens usa isso. Mas eu prefiro continuar como estou. Tantos anos...

Serena e composta, à sua maneira ela é uma rainha. Exilada? Não creio. Está em casa nessa roupa, nessas regras, nessa Igreja.

— Vamos conversar um pouco no pátio do convento? Lá está fresquinho.

Não tenho compromissos esta noite, qualquer coisa que me segure fora da Casa Vermelha um pouco mais é bem-vinda. E gosto demais dessa velha amiga. Seguimos por corredores e escadarias, o ambiente familiar das escolas de freiras. Ela anda um pouco à minha frente: apesar da idade continua ereta, sua postura é melhor que a minha. Esconde as mãos nas mangas, na tradição monástica. Enquanto caminhamos, lembro episódios de nossa antiga amizade.

— Como a senhora pode acreditar numa coisa tão absurda como essa tal virgindade de Maria? — perguntei, adolescente e revoltada, querendo desafiar a nova diretora que vinha com fama de mulher culta, sábia, respeitada. Santa, diziam alguns. Eu, a órfã com suicídio da mãe cravado na alma.

Foi uma das vezes em que vi Irmã Cândida comovida. Olhos brilhantes de lágrimas, pegou o hábito com a mão branca, e disse, rosto mais corado:

— Você acha que eu estaria usando isto aqui há tantos anos se não acreditasse?

Esse diálogo foi um dos muitos que tivemos em salas de aula desertas ou no pátio. Ela se dedicou extraordinariamente a mim: talvez pela minha orfandade magoada; porque eu era uma boa terra onde lançar sementes de Deus, e ela uma alma ardente; talvez porque, de alguma forma, eu instigava nela o senso de maternidade. Comecei a mudar por causa dela: primeiro para agradá-la; depois por desejo e necessidade sinceros.

Em breve eu seria mais uma dessas fulgurantes conversões juvenis, que nos fazem querer ser santas. Tive uma crise de misticismo: se as coisas do espírito eram as sólidas e verdadeiras, eu queria me dedicar a elas. Não seriam roídas pelas traças, nem levadas pelos ladrões, nem devastadas pela bala de algum revólver.

Mais tarde a vida me levaria para outros rumos: Faculdade, profissão, namoros, os reclamos do corpo e do coração. Casamento, segurança, sucesso: a minha falsa solidez.

Agora andamos devagar no pequeno pátio da ala onde moram as freiras. No centro, uma ingênua gruta com uma imagem de santa. Um fio dágua corre entre as pedras, pinga no tanque com um som monótono e apaziguador.

Lembro no mesmo instante que no quarto de minha vizinha de frente notei um vazamento de água na parede; precisei pedir às Criadas um pano para secar a poça. Mandei que avisassem a Madame. A Velha, aparentemente, não notara nada.

— Você estava com pressa? — Irmã Cândida indaga de repente, me viu tão distraída.

— Nada, Irmã. Não tenho ninguém nesta cidade. — Mas corrijo: — Só Antônio, a senhora sabe. Vamos nos casar... — interrompo-me, o emprego dessa palavra pode escandalizá-la. Para ela, terei sempre um único marido, pai de meu filho. Mas ela está imperturbável.

— Fico feliz de saber que você vai realmente reorganizar sua vida, minha filha. Sua situação de agora me preocupa, nunca a vi tão ansiosa e angustiada. Gostaria de ajudar.

— Mas ajuda, ajuda muito. Conseguiu esse trabalho. A senhora ajuda simplesmente existindo.

Por uma fração de segundo somos as de antigamente: adolescente ansiosa, a freira madura. Mas hoje ela já não é aquela mulher cálida, nem quando estamos sós: é uma velha hierática, rosto magro de expressão um pouco dura. Há de fugir de tudo que seja menos impessoal. Uma vida treinando para não demonstrar grandes afetos.

Então recordamos minha juventude; minha conversão; digo-lhe que hoje estou afastada da Igreja, mas ela responde sem se perturbar:

— Deus está sempre aí; na hora certa você vai descobrir isso.

Falamos um pouco da minha vida. Da minha, porque freiras parecem não ter vidas: são riachos subterrâneos dos quais aparece apenas um olho-d'água límpido. As profundezas são de Deus.

Digo que Antônio tem um filho com problemas. Ela responde que minha natural generosidade e minha profissão de médica vão ajudar muito.

— Dividir uma cruz une um casal.

Espero que sim, espero que sim. Não digo isso, mas penso. Alguma coisa em Antônio, ultimamente, me causa inquietação quase insuportável. Não acredito muito que sofrimento melhore as pessoas, acho que na felicidade a gente fica mais generoso, mas resolvo não comentar isso.

A Freira parece cansada. Ainda levanta cedíssimo para rezar; ainda tem cargos de responsabilidade na sua Ordem; ainda escuta e aconselha alunas, pais, outras freiras.

Quando escurece e a melodia da água na gruta me dá sono, levanto-me para ir. A Freira diz que está na hora da Capela:

— Você quer vir?

Antigamente eu teria aceitado o convite sem hesitar, era a única aluna com permissão de assistir a certas cerimônias da Capela.

— Hoje não — respondo, envergonhada. — Já é tarde, e não gosto de me atrasar para o jantar.

(Voltando para a Casa Vermelha, penso no quanto Deus me parece remoto agora; e no quanto, em outros tempos, essa mulher foi importante para mim.)

•

Acordo sobressaltada, o coração dispara; suor frio, meus dentes batem. Terror na escuridão. É a memória da traição de Marcos. Embora eu hoje ame outro homem, e me prepare para ser feliz com ele, a velha ferida não fechou. Feita em cima da outra, a antiga traição da mãe que se matou deixando duas crianças perplexas. Dor e revolta, incredulidade e mágoa retornam em sonhos: a dor, o sufocamento. As pessoas a quem mais amei me traíram: minha mãe, meu marido. E meu filho? Não, Lucas não. E um menino de seis anos não pode entender que eu não o estou traindo.

Porém Marcos manuseava meu corpo e depois ia fazer amor com outra mulher: podia haver coisa mais aviltante? Por que não tinha sido franco: Não te amo mais, vamos nos separar? Ao menos, eu teria sabido qual o inimigo a enfrentar. O rosto dele, que eu gostava de ver na hora do amor, baixava da mesma maneira sobre outro corpo de mulher. O que fazia com ela? O que diziam? Nossa mais secreta intimidade estava violada: eu me sentia ridícula, e suja.

Fico esperando que a tempestade no meu coração passe. Onde estará meu ex-marido agora? Ontem liguei para casa, e uma mulher atendeu. Não era a empregada, nem a babá de Lucas. O menino depois me disse:

— É a amiga do papai.

Viro-me para o outro lado, mais calma. Que me interessam agora as mulheres de Marcos? A pena é pelo mal irremediável: ainda outro dia, deitada com Antônio, me perguntei: por quanto tempo este me será fiel?

Irmã Cândida outro dia me disse algo surpreendente numa freira:

— Talvez o mais importante nem seja uma traição dessas, seja a deslealdade. Há traições que são menos importantes do que a gente pensa, filha. Suas dores são muito mais antigas, você sabe.

Eu sabia.

•

— Como foi que minha mãe pôde me deixar? — indaguei ao Gnomo.

— E você, como pôde deixar seu filho?

— Anão é um homem pequeno ou uma criança velha?

— Anão é uma pessoa grande embutida numa pessoa pequena. E você é uma menina burra.

Aquela vez fiquei imaginando que por isso os olhos dele eram assim saltados, sua cara desproporcional. Observava-o disfarçadamente, quem sabe de repente ele começava a rachar, a pele abrindo toda, a cabeçona partindo ao meio, e de dentro brotaria, feito borboleta, um lindo homem?

•

Hoje falei longamente com minha vizinha; mas a Velha estava distraída demais. Na verdade, era só eu que falava. Mas ela me confessa que sente a morte rondando. Diz "ela", e nós duas sabemos de quem se trata. Antes disso, tem certeza, seu menino chegará. Parece aliviada, agora que me contou sua história.

Não a decepciono. De que lhe valeria a realidade? Real para ela é a sua dupla espera: o menino perdido nos areais do mundo, e o inquieto focinho da ratazana Morte farejando águas podres, carnes culpadas, e aquele exausto coração.

Saio do quarto dela pensando no quanto está dividida. Como eu, entre esperança e depressão, coragem e desânimo, e o terror de ter à frente apenas um vazio.

Na juventude, eu tive a minha "mulher dividida". Aulas de Anatomia da Faculdade: açougue de gente. Um auxiliar caolho e manco, saído de um filme de terror, trazia em baldes sujos pedaços humanos que atirava nas mesas de mármore. Às vezes tínhamos um cadáver completo; dentro de pouco eram apenas restos.

Um dia, num grande boião de vidro, uma cabeça de mulher. Cortada acima dos ombros, mergulhada em formol, repousava sossegada naquele aquário macabro. Devia ter sido jovem e forte. Rosto largo, cabelo liso de índia cortado à altura do queixo, sobrancelhas fartas.

Tinham-na serrado ao meio, na vertical; e quando a juntaram, os pedaços não se enquadraram corretamente; de modo que ficaram um pouco desalinhados. Estranha fruta em compota, a um tempo harmoniosa e desconjuntada. Olhos fechados, expressão doce, faziam supor que, embora tão desorganizada, a cabeça apenas dormisse.

Muitas vezes, passando por ela, tive medo: e se abrisse as pálpebras, para me espreitar?

•

— Filho, você não quer mesmo morar com a mamãe?
— Mãe, não pergunta sempre isso. O papai também vai?
— Não querido, eu já expliquei. Você visita ele toda semana, toda hora, ou ele vem te ver. É aqui pertinho, eu levo você pra ver, você quer?
— Eu só vou se meu quarto for junto. A cama, os brinquedos. E o Papai. E o Moranguinho.
— Mas a mamãe tem tanta saudade de você.
— Então fica morando com a gente.

•

Alguém já teve um filho e o perdeu?

Um lindo menino de seis anos, esperto e alegre, alguém já o teve e o deixou? Num momento de loucura, numa crise de perplexidade e raiva, num arroubo de insensatez, alguém já o teve, cheio de confiança e a destruiu?

Pois se experimentou tudo isso, me entenderá. Antônio tem problemas com seu filho, mas vive com ele; não consegue me compreender plenamente.

Talvez por ser homem: homens têm emoções diferentes? Marcos atendia mais ao nosso menino do que eu, sempre ocupada com minhas parturientes e seus bebês, com pouco tempo para o meu. Porém não foi da sua espera, do seu medo e da sua glória, do seu sangue e dores que Lucas surgiu.

Às vezes Antônio perde um pouco a paciência comigo, quando me encolho na hora do amor, ou choro de saudade; ou me perco em depressões, sinto-me culpada e vazia, quero voltar para casa.

— Seu menino está bem — diz ele cobrindo-me ternamente com o lençol, contendo a irritação. — Tem saúde, casa, pai amoroso, e tem você. Dentro em breve tudo estará arranjado, você vai ver.

Aí ele acende um cigarro, fuma na penumbra: a brasa do cigarro e eu, dois pontinhos de desamparo no mundo.

— É como se me tivessem cortado as duas pernas, Antônio, não vou sobreviver.

Ele dá uma risada seca, que não entendo:

— A gente sobrevive a coisas bem piores. — Mas corta a conversa, vira-se para o outro lado.

Quem já teve um menino de seis anos e o perdeu? Se teve, tenha pena de mim, e chore comigo.

•

4 | *As Moças me visitam*

As Moças me visitam quando já fechei a janela, o livro e os pensamentos: pronto, vou me apagar também. Não as recebo muito contente. As duas me comovem mas me irritam. A Loura está decididamente mal: essa fadiga, essa ausência, eu conheço dos moribundos.

Sozinhas comigo sentam-se juntas, tocam-se as mãos, olham-se com carinho. Quase despudoradas, mas a palidez mortal da Loura afasta qualquer malícia. O preconceito do amor que não se enquadra as deve fazer sofrer. Meu coração se abre para elas.

Esse oblíquo amor que não assumem as liga de maneira comovente. Por que não tentaram gostar de homens? tenho vontade de perguntar, ridícula, como se fosse escolha delas. Por que não casam e têm filhos? Mas depois eu diria: Não, não façam isso. Vivam o seu estéril amor, abençoadas e eximidas dos meus padecimentos de agora.

Elas falam banalidades. Tenho vontade de pedir: Me ajudem, amputaram minhas pernas, não agüento mais.

Bisbilhotam novamente sobre minha vida. Ou melhor: a Moça Morena faz perguntas; a outra olha o retrato em que estou com Gabriel, e não diz nada.

— O seu filho está bem? — A Morena agita-se na cadeira, põe a mão na testa da amiga: alívio, febre ela não tem.

Não respondo. A conversa não engrena: levantam-se para sair. A Morena aperta a minha mão; a Loura pendura-se em mim ao me abraçar, tem a pele viscosa e, apesar do perfume barato, sinto o cheiro peculiar do medo, que conheço bem.

Saem abraçadas; tiro o roupão, enfio-me na banheira, onde sou uma medusa amorfa. Nem sou: flutuo.

— Deus é grande — dizia a Freira quando eu era menina e me queixava: Minha mãe se matou, meu irmão está ficando louco.

Deus é grande: um vasto mar compassivo; morrer será afogar-se nele? Talvez eu deva enfim compreender minha mãe. Mal equipada para a vida. O que são dois filhos quando o abismo nos convoca? É possível que para ela a vida tenha sido como esta Casa Vermelha: um lugar onde se reúnem os errantes e os desgarrados, uma ligação fortuita e sem raízes. Tudo o que minha mãe queria era poder voltar, voltar como eu, hoje, quero voltar para minha casa. Duro exílio.

Pelo menos em poucos dias estarei com Antônio, no mundo dele, que pela aparência da sua casa deve ser sólido, austero. Sairei deste circo com seu Anão, o Torturador, as lésbicas, a Madame invisível, a velhinha caduca, as criadas idiotas, a mulher coberta de vitiligo; os estudantes suados e barulhentos, que nada têm a ver conosco; que, de nossa parte, nada temos a ver uns com os outros.

(Esqueci Gabriel: meu anjo condenado.)

O Anão arranha a porta do banheiro, estou quase dormindo neste morno refúgio. Dá risadinhas obscenas, sei que é ele.

— Você está aí, monstrengo? — chamo. — Vou morar com Antônio logo, ouviu? E vou ser mãe do filho dele, vou ter dois filhos agora, sabia?

Ele continua a rir; arranha a porta mais um pouco; depois, silêncio. Fecho os olhos: eu e minhas águas, e os fantasmas do fundo.

•

Hoje no almoço temos um casal novo. Não um casal: pai e filha, explicam as Criadas. Também estou ficando mexeriqueira neste ambiente: é como se os pequenos incidentes, as intrigas, me confirmassem que a vida corre solta, com suas mesquinharias, misérias, situações cômicas ou patéticas. Mas vida. Acabo dando corda às Criadas, que vivem de mexericos como plantas carnívoras vivem dos insetos.

Casal singular, esse pai e essa filha. Ela, uma Menina Gorda, talvez quinze anos. Saia e blusa de colegial antiga. Óculos de fundo de garrafa; cabelo comprido e liso, que não lava há muitos dias. Tão retraída quanto a Mulher Manchada, protegida pela barreira de suas eternas revistas.

O pai, num contraste grotesco, usa boné xadrez em tons amarelos, jaqueta com xadrez roxo, lilás e branco. Os mesmos óculos da filha. Não é gordo; tem uma animação cansativa: fala sem parar, dirige-se aos vizinhos das outras mesas, de saída meteu-se na conversa dos estudantes, e dá grandes risadas. Neste ambiente de seres fechados e esquisitos ele destoa mais do que esses rapazes e moças.

As duas bruxas me dizem que são velhos clientes de Madame: a filha faz algum tratamento aqui, de tempos em tempos, e o pai vem com ela.

— Que doença você acha que ela tem? — me pergunta a Morena da sua mesa, falando baixo e olhando a Menina, que come, sem controle nem educação, toda a comida que o pai lhe bota continuamente no prato. Ele cultiva a gordura da filha como se cevasse um bicho.

— Glândulas, por isso é assim enorme — murmura a Moça Loura, que praticamente nem come.

— Não é boa da cabeça — diz uma das Criadas. Ela fala alto e fico com medo de que a Menina escute, mas parece inteiramente devotada à sua comida, ignorando a saraivada de frases do pai.

— Um pai tão dedicado — diz a outra Criada. — Faz tudo pela filha.

— O pai é que deve ser a doença dela — diz a Morena, mas isso as Criadas não entendem. Afastam-se entre as outras mesas.

Demoro mais um pouco, queria não ter de trabalhar mas já faltei tanto que não sei mais que desculpas arranjo. Por isso atraso-me infantilmente, cada minuto que roubo ao meu dever é uma espécie de conquista do meu desejo de ficar inerte, inerme, oculta. Todos os demais vão saindo, obrigatoriamente passam junto da minha mesa. O Anão passa sem me olhar, o Enfermeiro parece querer me dizer alguma coisa mas finjo estar entretida com as bolinhas de pão; a Mulher Manchada já se foi, os estudantes saem juntos, às gargalhadas. A Menina Gorda e seu pai são os últimos, ele pára um instante perto de minha mesa, sinto que quer se apresentar: grosseiramente, continuo fazendo figurinhas com restos de pão.

A filha sobe as escadas lentamente, cabeça baixa; o pai salta os degraus de dois em dois, lépido.

Dormem no mesmo quarto, contaram as Criadas.

Então vejo que o Torturador ainda está no seu canto, embora tenham tirado os pratos da mesa. Fuma, olha em frente. De perfil para mim. O que fará, o que sentirá, na solidão do quarto?

Para mim, ele tem parte com o Diabo. Eu disse isso ao Anão, que achou uma graça imensa.

●

Fim de tarde: volto do trabalho. No quarto, a mesma inquietação rondando, o coração alerta. O que espero? Quem deveria chegar?

Só hoje entendi: é a hora em que Lucas chegava da sua escolinha. Apesar de tão ocupada longe de casa, a vida de Lucas era o ponteiro que orientava a minha em segredo: hora de ele estar na escola, hora de chegar em casa, hora do banho, hora do lanche. O pano de fundo da minha existência ocupada e eficiente era saber: Lucas está bem, está abrigado, está seguro.

Sem ele eu sou uma casa abandonada, portas abertas, assoalho carcomido onde correm sinistras ratazanas.

Hora de Lucas chegar em casa: é isso que meu coração sabe mais do que eu.

●

— Tinha duas mulheres bêbadas no telhado esta noite — diz Gabriel na sua vozinha fina; e me olha, subitamente alerta e irônico. Mais lúcido que eu neste momento. Saberá que esse tipo de comentário me inquieta, que não sei diferenciar, nele, a loucura da razão? Bastam-me os rumores da floresta, os miados na noite, os passos do Torturador sobre minha cabeça alta noite. Minhas próprias assombrações me dão trabalho suficiente.

Procuro sustentar o verde olhar, mas não consigo. Há no quarto de meu irmão hoje um odor suspeito que eu não sentia há muito tempo junto dele. Olho bem: calção limpo, tórax liso, mãos femininas. Encara o teto, mas continua sorrindo como se entendesse minha suspeita. Com ele, e com o Anão, tudo é possível.

Um louco pintaria aqueles palhaços tão reais? Ou só um louco os pintaria, todos com o seu próprio rosto?

— Quer ver? — ainda olhando o teto, ele aponta o cavalete diante da janela; então ao menos uma vez mudou seu tema, penso.

Numa grande folha, em traços negros, Gabriel desenhou duas formas femininas enlaçadas, quase fundidas; duas amantes bêbadas, duas bailarinas sensualíssimas de pé na beira do telhado, tão na beiradinha que se vêem as madeiras recortadas: o telhado da Casa Vermelha.

O desenho é muito perturbador: nele estão retratados paixão, sexo, tragédia e morte. E uma delicadeza que me dá vontade de chorar, quem é meu irmão, afinal?

— São elas — diz Gabriel; agora apóia-se no cotovelo e me olha direto, sua expressão tão normal, tão banal quanto a de qualquer pessoa. — Vi outras noites também. Quando tem lua.

— Aqui na Casa? — agora estamos sérios os dois. Ele me olha como se a louca fosse eu.

— Onde mais eu posso ver qualquer coisa? Escrevi o nome delas do outro lado.

Viro com certa dificuldade a folha grande e mole e leio, na letra de Gabriel que nunca aprendeu a distinguir maiúsculas de minúsculas, e escreve algumas letras ao contrário: AS SONÂMBULAS.

Contemplo a inscrição, meu coração parece inchado, e meu estômago dá voltas. Olho novamente o anverso da folha: onde já vi essas criaturas, onde?

— Por que sonâmbulas? — pergunto, aproveito a última réstia de luz na mente de Gabriel, sinto que logo ele vai escapar outra vez.

— Porque nas noites de lua cheia os sonâmbulos sobem para os telhados e ficam balançando na beiradinha...

A pele dos meus braços se arrepia: essa era uma das histórias malucas que o Anão contava na minha infância. Gabriel era pequeno demais para ter sabido delas, não creio nem que se desse conta da presença do Anão. Às vezes o Gnomo me despertava no meio da madrugada para procurarmos os sonâmbulos nos telhados da vizinhança; mas o medo sempre me impediu de ir.

— Tudo invenção sua, seu bobo — eu dizia.

Agora Gabriel começa a falar num ritmo frenético, aperta os dentes ao falar, logo vai articular tão depressa que não se entenderá mais nada:

— E se a gente chama eles acordam e caem *e se esborracham no chão!*

Aí encolhe-se e começa a dar risadinhas histéricas, entremeadas com aquela algaravia já incompreensível. Não existo mais para ele: embora às vezes me espreite com aqueles olhos de gato, apertados e oblíquos.

Vou embora: ele pode ficar assim horas a fio, talvez dias.

Olho mais uma vez as Sonâmbulas, antes de sair: familiares.

— Ele não tem andado bem, não é? — comento com o Enfermeiro quando este me abre a porta. O guarda-costas está servil:

— Bom, começou com aquela mania, a senhora sabe... só um pouco, ontem, mas limpei tudo. — Dá um sorriso cúmplice que me enjoa.

Então a velha mania de Gabriel está voltando: logo se tornará insuportável; ele terá de ser removido. Sinto um cansaço enorme, meu Deus, tudo de novo. E agora, como é que Antônio vai encarar esses aborrecimentos com o *meu* irmão?

Gabriel e a atração do fétido poço onde se perde, onde cava buscando sabe Deus o quê.

Na escada topo com as Criadas que sobem com baldes e panos, como sempre atrapalhando-se mutuamente. Quase nunca entram no quarto de meu irmão; lá o Enfermeiro cuida de tudo.

— Preciso falar com Madame, sem falta — digo, severa. Jogo nessa eterna ausente minha raiva pela doença de Gabriel, pela vida, pela morte, pela casa de lunáticos onde estou morando, pelas hesitações de Antônio, pelos meus lutos, tantos lutos.

— Ela viaja muito — diz uma delas.

— Sai muito — começa a outra.

— Dorme a sesta todo dia — emenda a primeira.

Desisto desse diálogo sem sentido; mas tenho de resolver o problema do vazamento no quarto da Velha: ontem havia uma poça grande no assoalho. A parede vaza como se a velha Casa apodrecesse e largasse gosma e pus. Havia filamentos pretos na água, que começa a cheirar mal.

— Pois avisem essa dama de que o vazamento no quarto da Velha está uma inundação. E o quarto cheira a latrina.

Passo pelas duas idiotas, ouço suas risadinhas às minhas costas, finjo não escutar. No fundo do corredor, no andar de baixo, aparece a Menina Gorda, como se tivesse estado à minha espera, perto de meu quarto. Sem jeito, tímida, me ronda e não tem coragem de falar.

Sinto pena:

— Olá. Tudo bem?

Ela coça o nariz, me olha desamparada por trás das lentes grossas. Teria uns olhos bem bonitos, se não fossem esses óculos.

Insisto:

— Você queria falar comigo?

Ela balança a cabeça afirmativamente, calada, coça o nariz cheio de cravos.

— Pois venha.

Faço-a entrar no quarto. Ela funga o tempo todo, coça-se aqui e ali, faz caretas. Senta-se, levanta, anda pelo aposento, vai olhar os livros, senta outra vez. Tem um perfume enjoativo, e isso me comove. Mas o cheiro por baixo do perfume não é, como na Moça Loura, odor de morte: é cheiro de infelicidade.

Ela parece nem ver o Anão que lê aninhado no peitoril da janela, as perninhas balançando no lado de dentro. Fica parada no meio do quarto:

— A senhora podia... quer dizer... achei que tinha um livro aí para eu ler.

— Você gosta de ler?

Ela funga; coça a testa; levanta os ombros, deixa-os cair desanimada:

— Pra ser franca, não. Mas meu pai quer muito que eu leia... ele é... uma pessoa culta. — Sorri, e de repente há um lampejo de ironia no seu rosto balofo. Imagino a cultura dele. Sinto pena da Menina Gorda, e uma simpatia por aquele seu brilho de crítica.

Procuro dois romances, alguma coisa mais leve; ela sai, agradecendo, outra vez tímida. Queria mais do que livros: queria um ombro amigo, um regaço de mãe. Será que ela tem mãe? Que tipo de mulher suportaria viver com aquele homem?

Depois que ela sai, paro na frente do Anão, que lê imperturbável.

— E você, sempre invadindo meu quarto?

— Quer dar uma voltinha na floresta um dia desses? — ele não levanta os olhos do livro ao indagar.

Esse aborto também tem parte com o diabo: tenho pensado em entrar na floresta, e em lhe pedir que procure uma entrada, pois já vi que as trilhas, que antigamente devem ter dado acesso à mata estão fechadas com arames farpados. Mas nunca falei com ele desse meu desejo. Tenho vontade de entrar nesses túneis verdes; descobrir os macaquinhos; os gatos selvagens que atormentam meu sono à noite. Outro dia havia um macaquinho no peitoril da minha janela, e achei que tinha cara de embrião.

Mas em vez de concordar com o Anão, pergunto:

— Afinal, o que é que você faz na vida, além de se meter onde não é chamado?

Ele começa a rir. Ri tanto que quase cai da janela. O chapeuzinho entorta na cabeça. Mas, como tantas vezes, não responde.

— Quer fazer o favor de me deixar sozinha e meter-se na sua toca de rato?

Ele sai indignado, carregando o livro sem pedir licença. Sento-me de modo a ver a floresta, mas não o espelho da cômoda onde minha mãe aparece; inclina-se para mim, como se me procurasse; tenho medo de que me leve para a sua floresta submersa, cheia de medusas e cavalinhos do mar. E crianças perdidas.

•

Madrugada; acordo com alguém puxando meu braço, imediatamente o coração aos pulos, suor, boca seca e medo. Procuro ver na penumbra, deixei a veneziana aberta, adormeci contemplando as copas das árvores ao luar. Que é, que foi?

Sento-me, em pânico.

O Anão. Tenho vontade de esganá-lo.

— Um dia eu ainda te mato, seu verme.

Mas ele gesticula nervoso, parece um macaco grotesco recortado contra a janela clara. Faz sinais para lá, quem sabe também ficou louco? Não notei que estava aqui, embora saiba que às vezes dorme no quarto, enrodilhado junto da minha cama.

Ele continua gesticulando, nervoso, não diz nada. Como nunca o vi assim, levanto-me atordoada, branca-de-neve desgrenhada de camisola, que um anãozinho leva até a janela. O que é que ele precisa tanto me mostrar?

Lá fora, a mata é um oceano mágico, prata e fundas fendas negras.

O Anão trepa na cadeira, sobe até o peitoril onde fica agachado como um gato, vai jogar-se daí? Mas ele aponta o telhado acima de nós. Inclino-me para ver.

Lá, bem na quina do beiral, estão elas: as Sonâmbulas de Gabriel. Abraçadas, na ponta das velhas telhas limosas, ao mais leve descuido despencam lá embaixo. Sustento a respiração: deslumbramento e terror. Elas balançam unidas, fundidas como um casal fazendo amor em pé, delicadamente.

É, sem tirar nem pôr, o desenho de meu irmão doente.

Puxo o Anão dali, fecho a veneziana com cuidado. Ninguém tem direito de espreitar assim aquele amor à beira da morte.

•

São elas, penso, deitada na cama depois de enxotar o Anão. São elas: a Morena e a Loura, transfiguradas de lua, camisolas compridas, cabelos soltos, bêbadas do mistério da sua condição, embriagadas de luar e sexo, de desgraça e de amor.

Custa-me dormir nesse resto de noite. Meu vizinho de cima está quieto; nem os gatos miam. Apenas, de madrugada, ventania.

Fico acordada à escuta: quando o vento é forte, toda a Casa Vermelha arfa e geme.

— Isto aqui é um hospício — disse a Morena outro dia, comentando a relação da Menina Gorda com seu pai.

— O mundo é um hospício — respondi, com um riso amargo e um gosto amargo na boca.

•

Abro a veneziana e deparo com um cego na calçada do outro lado da rua; já o vi algumas vezes, mas noto que agora aparece diariamente no mesmo lugar. Não é uma boa rua para se pedir esmolas, esse beco isolado. Ele fica horas imóvel ao sol quente; seu rosto está voltado para cá; se não fosse um cego de verdade, com óculos, e bengala, eu jurava que olha para mim. De qualquer forma, me incomoda.

Tomo um longo, generoso banho morno. Faltam poucos dias para o fim de semana na casa de Antônio, quem sabe meu nó se desata, minha vida se reorganiza, meu pânico se acalma? Preciso ver o filho dele, saber o que há. Talvez nada de tão grave; talvez os problemas de Antônio sejam outros; talvez tudo seja fruto da minha sensibilidade exacerbada.

E as Sonâmbulas? Meu coração bate mais depressa: a visão da outra noite continua viva como se tivesse sido há poucas horas. À luz objetiva do sol, parece que tudo foi alucinação, sonho. Como é que as Moças subiriam ao telhado? Ainda mais a Loura: fraca como está? Não há escada, que eu tenha visto, nem acesso algum.

Antes de descer para o café, vou espiar: o Cego continua na mesma posição.

O Anão sorve o leite com um ruído irritante; o Enfermeiro palita os dentes; nem as Moças nem o Torturador aparecem; a Mulher Manchada finge ler sua revista; os estudantes nunca tomam aqui o café da manhã, devem prepará-lo na casinhola que habitam, um pouco abaixo na rua. Mas a Menina Gorda

e seu pai estão aí, o espetáculo de sempre. E a minha velhinha come pão embebido com leite, com sua boca murcha.
Pergunto:
— Como está aquela umidade na sua parede?
Mas ela parece não ter escutado, e desisto de lhe falar.

•

Hoje almoço em casa; duas vezes me chamam ao telefone. Da primeira, é Antônio: não pode esperar até o fim de semana.
— Vamos nos encontrar esta noite, no motel?
— Se você quiser... — Alívio, então ele ainda me ama. O que pensaria se soubesse que tantas vezes agora duvido disso?
— Como você está, querida?
— Sozinha. E assustada.
— Hoje vamos estar juntos. E no fim da semana você vai conhecer minha casa, meu mundo... Eu te amo.
— Eu também. Mas tenho medo.
Quero acrescentar: Antônio, você é a única coisa boa que me restou na vida. Mas desligo.
O segundo telefonema me pega já saindo de Casa, uma das Criadas me faz sinal, pego o fone, distraída, pensando no meu amor. É a Voz; há dias não me chamava; pensei que me tivesse esquecido, quem sabe ela se matou, enfim, que alívio. Mas desta vez ela não fala: arfa, geme, parece soluçar. Sinistra e repulsiva.
— Olha, vá à merda! — digo num ímpeto ao fantasma do telefone, espantada com minha própria audácia. Saio para a rua, animada; mas de repente uma sombra baixa: tudo isso me atinge mais do que eu queria. Quem será, quem? Uma louca? Uma doente? Voz pastosa, voz de poço, de fosso, o que quer de mim?

Ando com passo enérgico: apesar de tudo existe Antônio, Lucas está logo ali na cidade vizinha. Pego um táxi: sou a única pessoa que gasta em condução todo o seu salário.

•

Antes que eu saia depois do jantar, a Moça Morena bate à porta. Nem parece notar que estou pronta para sair a essa hora da noite. Está branca, olheiras fundas. Senta-se diante da cômoda sem dizer nada, e sem que eu diga nada. Não sei se quero ouvir suas confidências; preciso urgentemente ser feliz, por umas horas que seja. Mas a lembrança da visão, ou do sonho daquela noite, as duas amantes do telhado, faz com que eu me sente.

Sobre a cômoda, mais uma longa carta que escrevi para Lucas ler quando for mais velho. Pura bobagem minha, porque logo as coisas estarão ajeitadas; mas mesmo assim, me ajudou um pouco.

A Morena explode:

— Ela está morrendo. Morrendo! — levanta-se, cambaleia, desaba em cima da minha cama; chora alto, mãos tapando a cara. O que posso fazer? O jeito é largar a bolsa, esperar que passe a crise. Meu instinto de ajudar vence. Sento-me na beira da cama, coloco a mão em seu braço, noto como emagreceu. Fico quieta.

Sei que fala da sua companheira Loura, que tem a morte estampada no rosto, impregnada em seu cheiro, seu hálito, alimentando-se da sua vitalidade cada vez menor.

O que poderei dizer? Muitas vezes tive de contar a um jovem casal que seu filho nascera gravemente lesado; ou que tinha sucumbido na dura luta de nascer. Inventava frases, consolava, mas no fundo sentia: tudo mentira, tudo inútil diante desse mistério todo.

— Vamos, vamos. Fale. Assim não posso ajudar. O que foi?

Ela faz força para se controlar; ainda soluçando desata a falar, e fala como se não fosse parar nunca, essa torrente tanto tempo contida. Diz o que eu já supunha. O sofrimento de um lado nos deixa fechados aos outros; mas nos provê de antenas apuradas, farejamos a dor alheia com certo prazer: ao menos não somos os únicos desgraçados.

As duas eram velhas amigas; colegas; ambas solitárias, sentindo-se deslocadas na família, decidiram morar juntas. Alugaram um apartamento, e descobriram-se apaixonadas uma pela outra. Primeiro, terror mortal: e se os outros descobrissem? E os alunos, os colegas? A cidadezinha do interior, falatórios seriam uma ameaça constante.

Morriam de vergonha e medo.

Por fim, contou a Morena, a quem a dor agora privava de qualquer inibição, decidiram ir embora para uma cidade maior, onde ninguém as conhecesse; e seu caso, se descoberto, causaria pouco escândalo.

Transferências conseguidas, apartamento alugado, passagens compradas, a Moça Loura passara mal. Antigos problemas revelaram-se caso grave. O diagnóstico era fatal: câncer inoperável. Paliativo: quimioterapia.

Ela, a Morena, quis assumir a tarefa de informar sua amiga.

— A coisa mais triste que já fiz na vida — ela disse, balançando a cabeça, cansada. Compreendi melhor do que ela imaginava. Mas a Loura, surpreendentemente forte, recusara o tratamento, embora a Morena lhe tivesse dito que isso a podia salvar.

— Às vezes a gente tem de mentir — repetiu ela, e concordei. Precisa.

A moça Loura foi irredutível:

— Quero morrer inteira, com meus cabelos, e junto de você.

Depois de muita discussão, a outra cedeu. Segundo os médicos, o tratamentos seria apenas um adiamento cruel. Tiraram uma licença, vieram para a Casa Vermelha a fim de viverem imperturbado o seu amor até o último dia.

— O médico receitou morfina, me ensinou a aplicar; e disse que quando as dores ficassem insuportáveis o fim estaria perto. E ela teria de ir para um hospital.

— Para morrer? — pergunto sussurrando.

— Para morrer — repete ela, também no mesmo tom de voz. Falávamos aos sussurros para que a Morte não nos escutasse.

Ficamos algum tempo em silêncio, ela enxugando o rosto, recompondo a roupa, sentando-se ereta na cama. Imagino as duas, seus patéticos esforços de amar ignorando a morte. Acariciando-se no quarto, falariam no destino que as aguardava? A Loura com aquela ratazana instalada no corpo magro, engordando à custa de suas entranhas, roendo, voraz.

— Agora ela está lá no quarto, rolando de dor... fazendo força para não gritar. Preciso saber se posso aumentar a dose mas não tenho com quem falar... você é médica... pelo amor de Deus — concluiu, tão baixinho que eu quase nem ouvia mais.

— Como você descobriu minha profissão? — Elas tinham visto os livros no meu quarto, mas eu explicara que havia tirado curso de enfermagem.

— As Criadas contaram. Elas sabem tudo a respeito da gente — acrescentou. — Tudo.

Fui com ela até o quarto. A Loura era um espectro do espectro do fantasma que fora. Queriam adiar o mais possível a internação no hospital, a separação, a burocratização do seu drama. Fiz o que pude.

Voltei ao meu quarto, desanimada, olhei a bolsa sobre a cômoda. Valia a pena ainda ir? Saí da casa lentamente e caminhei na noite até pegar um táxi. (Não é da noite exterior que tenho medo.)

•

Antônio dorme ao meu lado. Depois da infidelidade de Marcos eu tinha pensado nunca mais poder amar, confiar. Mas Antônio me contagiara com sua paixão, me conquistara com seu carinho; eu estava doida por me livrar da pesada solidão de um casamento vazio de carinho mas pleno de traições.

A pele dele encostada na minha; sua respiração no meu rosto; o jeito de me abraçar dormindo e murmurar palavras de amor num entre-sono; sua sede de mim; seu conhecimento de meu corpo. Eu às vezes me sentia mais leve, mais livre, mais rica do que jamais sonhara ser.

Antônio dorme ao meu lado. Depois do sexo que entre nós é sempre quente e terno, ficou ainda longo tempo me acariciando e fazendo projetos:

— Apesar de tudo, acredite, comigo você terá uma felicidade deslumbrante; porque eu te amo tanto.

—Eu sei. E vou ser boa com seu filho.

Antônio dorme, braço passado ao meu redor. Ele me conforta. Sabe o que preciso fazer para consertar minha vida, reconquistar meu filho, reassumir minha profissão.

Mas a verdade é que tenho poucos, e breves, entusiasmos. Fico acordada quieta, medo de perturbar seu sono, não quero que me veja chorando mais uma vez.

Antônio dorme: minha memória estende as mãos, abre as cortinas, aparece o rostinho de Lucas.

Logo serei de verdade mulher desse homem: morando com ele, partilhando suas alegrias, seus trabalhos. Antônio me será fiel?

•

    Dor de uma faca, de muitas facas cravadas no coração o tempo todo, desde a patética descoberta: Marcos me trai.
— Por que você nunca disse que estava descontente com nosso casamento, Marcos?
— Eu tentava dizer; mas você nem prestava atenção.
A dor, a dor; noites andando pela casa, como louca; reconciliações fracassadas; ciúme degradante, humilhação, desconfiança; novos casos dele, por fim nem procura mais negar.
    Apesar de toda a boa vontade inicial dos dois, alguma coisa se quebrou para sempre. Não a confiança apenas, mas a vontade de acreditar, de cuidar, de estar perto.
    Uma paciente me conta que descobriu que o marido tinha outra mulher. O de sempre: cenas, separação, reconciliação. Tudo parecia perdoado, esquecido. Depois de três anos, o marido morrera num acidente.
    Durante o velório, rodeada pelos filhos, todos admirados com a contenção da viúva, ela consultara seu coração: duro e frio. Então soubera:
— Para mim ele estava morto desde o dia em que descobri sua primeira traição. Mas só entendi isso naquele momento.
    E dizendo-me essas coisas, seus olhos também estavam duros, e frios.

•

5 | *Esta manhã a Velha não aparece*

Esta manhã a Velha não aparece para o café. As Criadas dizem que nem pediu que levassem a sua bandeja ao quarto, o que sempre fazem de má vontade. Depois daquela noite com Antônio, há dois dias, estou mais otimista. Decido me interessar mais concretamente pela minha vizinha.

A Velha me manda abrir a porta, mas só depois que bato e chamo várias vezes. Está na cadeira de sempre, com a mesma roupa de ontem, talvez anteontem. Decaiu muito: parece um dos cadáveres de indigentes nas aulas de Anatomia, a gente adotava os mortos, botava chapéu de papel, dava apelidos; depois, viravam postas de gente.

Ela se queixa em voz baixa: o menino que não aparece. A morte ronda. Eu mesma escuto a ratazana esquiva chiando nos cantos. O tempo urge, o menino ainda perdido.

— Resolvi que não vou dormir nunca mais — ela diz de repente.

— Nunca mais? — assumo um ar maternal, entre severo e divertido, sou a médica.

— Não. Faz três dias que não durmo. Se eu fechar os olhos por muito tempo, *ela* vem me apanhar.

Sabemos de quem fala; e de repente acredito em tudo o que me diz.

A Velha fala gravemente, olhando o nebuloso horizonte do mar. Está inquieta. Acaricio seu braço fininho, tomo o pulso: fraco e irregular. Vale a pena chamar um médico, convocar aquela filha? Mandá-la para um hospital a tiraria de seu posto...

Ela mesma tem de escolher. Não posso interferir.

Despeço-me fazendo-a prometer que tomará o café que as Criadas vão trazer.

Quando lhes encomendo a bandeja, nem digo que a água que poreja da parede do quarto da Velha cheira a latrina. Estou indiferente: como se a velhice dela me tivesse contagiado.

•

Está menos quente no meu quarto; ventania. Cheiro de mato, flores, e uma vaga podridão.

Trabalho mais um pouco na nova carta para Lucas, sabendo que no fundo é insensato escrever assim para um futuro do qual nada sei. Movimentos na janela, o Anão? São dois macaquinhos que giram, saltam, parecem gesticular para mim. Acho graça neles, fico imóvel para que não se assustem. Como terão atravessado a rua e subido até aqui, insolentes e seguros?

Depois somem. Quando chego na janela, já desapareceram na sua casa verde. Apenas o Cego está ali, firme debaixo do sol. Seus óculos pretos parecem me fitar; sempre que o vejo sinto desconforto.

Mas amanhã estarei com Antônio, na sua casa. Sinto-me capaz de tudo: generosa e enérgica, vou ajudar, vou ajudar. A semana passou rápida, as crises de depressão diminuíram, instiga-me uma esperança quase idiota de ainda ser feliz. Faço tudo com mais ânimo, não falto ao trabalho, consolo as Moças, trato bem as Criadas, converso com a Menina Gorda (que de tanta timidez não consegue se abrir) e paro de escorraçar o Anão.

Preparo-me para sair, pinto o rosto no banheiro. Enquanto urino lembro um incidente de minha infância. Muitos deles esqueci inteiramente, tanta coisa esqueci daquele tempo que agora vou recordando, nesse período de dor e reflexão.

Minha mãe vem me ver; estou adoentada, há vidros de remédio por toda parte. Chega, contrariada como de costume; talvez meu pai, ou o médico, a tenham persuadido a me fazer esta visita, devo ter chamado por ela.

Chega flutuando na sua bola mágica; pelo seu olhar, vejo, mesmo na recordação vejo que bebeu demais. Larga o copo na mesa-de-cabeceira entre os remédios; senta-se na beira da cama, rígida, fala algumas coisas.

Quando quer se levantar, tenho uma crise: agarro-me nela:

— Não vai embora, mãe, não vai embora.

Ela procura se libertar de meus punhos fechados nos seus braços; puxo o seu vestido:

— Mamãe, Mamãe, deixe eu sentar no seu colo.

— Uma menina deste tamanho? — agora ela está com raiva.

Meu pai chega: provavelmente ouviu meus gritos, e as palavras exasperadas dela. Fala, manso e conciliador.

Por fim, lembro de estar sentada no colo dela; mas não passa os braços ao meu redor: continua rígida, apenas me suporta. Não vejo seu rosto; aninhei-me no seu peito; mas sei que é uma máscara zangada.

Então, sem poder evitar, inesperadamente urino em profusão no colo dela. Mijo em minha mãe, num espasmo de alegria e humilhação profunda.

•

Estou lidando com a papelada na minha mesa, na secretaria da escola de freiras, quando o Anão aparece. Primeiro penso estar enganada, mas é ele: o chapeuzinho preto parece flutuar por cima do balcão, vai até o guichê. A mão aperta a campainha afixada na madeira, uma das funcionárias vai atender. Estou paralisada. Ela se debruça, diz algumas coisas, parece dar explicações. Depois volta a sentar-se com ar espantado. Mas não olha para mim.

Era o *meu* Anão, tenho certeza. O chapéu flutua até a porta.

Depois do trabalho, que termina na hora do almoço porque é sábado, pergunto por Irmã Cândida, que não vejo há dias. Descansando. Àquela hora? Estranho, pois não se permite tais comodidades; para ela, a vida é sacrifício e disciplina.

Decido caminhar ao sol, apesar do calor da hora; como é que o Cego suporta ficar tanto tempo debaixo dessa torrente de fogo?

Fui pensando na minha Freira. Tive por ela essa paixão difusa e confusa das adolescentes por uma mulher idealizada. É possível que, alma ardente, ela alimentasse por mim afetos que de hábito controlava severamente. Nunca me falou da juventude, apenas que sua vocação religiosa surgira tarde: mais de vinte anos. Largara tudo para ser freira. Tivera namorados antes disso, algum amor, paixão? Eu não tinha coragem de indagar, mas fantasiava a respeito.

Aí, ficou diferente comigo: me evitava, parecia menos natural, andava mais pálida e mais fria. Eu já estava quase saindo da escola, fim da adolescência: logo enfrentaria a universidade, e a vida.

Por alguns dias, fingi não perceber; depois a interpelei com coragem e mágoa. De início ela negou; aí, levando-me a uma das salas de visita onde as freiras recebiam seus parentes, ou familiares de alunas, contou-me com forçada naturalidade que ia ser transferida para outra escola.

— Por quê? — eu antecipava dolorosamente minha nova orfandade. Ainda que minha partida estivesse próxima, saber que ela continuaria ali seria minha referência, meu porto seguro.

Afinal ela me disse que, por denúncia de uma freira ou aluna, falava-se de nós.

— Fala-se de nós? — o coração uma pedrinha de gelo, o rosto em fogo, raiva e constrangimento. Não havia nada demais em nossas atitudes, nem nos sentimentos, mas eu a amava mais do que a qualquer outra pessoa no mundo. Minha mãe, a que eu nunca tivera de verdade?

— Você sabe. — Pausa. Pigarro. — Pausa. — Nossa congregação é muito estrita. Você entende.

— Não entendo não. — Eu estava teimosa e amargurada.

— Nos últimos anos você tem sido minha aluna predileta. — Pausa. Pigarro. — E não devemos, nós Irmãs, ter predileções. Naturalmente no seu caso isso se explica: a morte de sua mãe, sua conversão, enfim.

— E daí? — agora eu estava arrogante.

— Daí, minha filha, que nós temos de viver desapegados de todos os afetos; todas as alunas têm direito à mesma dedicação de parte das Irmãs. De modo que, se eu dei a impressão de preferir você, agi mal provocando comentários e ressentimentos justos.

Eu estava vermelha. Tinha ouvido naqueles anos todos falarem de freiras transferidas por manterem alguma "amizade particular" com alunas ou outras freiras; mas para mim Irmã Cândida estava acima de tudo isso.

— Além do mais, estou aqui há muito tempo: minha transferência é natural.

Nós duas sabíamos que não era. Ela de repente pareceu tão triste que não discuti mais. Baixei os olhos, desanimada.

— O que vai ser de mim? — murmurei feito criança. Ela riu, um risinho baixo e breve:

— Não seja infantil, minha filha. Você é praticamente uma adulta. Forma-se no fim do ano, volta para a casa de seu pai, que aliás deve estar precisando de você... mora sozinho.
— Pausa, pigarro. — Então, se nossa amizade infantilizou você, não a preparou para nos separarmos com alegria, falhei em alguma coisa.

Saí humilhada e deprimida. Não tivemos mais nenhum encontro pessoal, nenhuma conversa íntima. Quando me dei conta, pouco depois da partida dela, notei que o antigo afeto parecia mudado: como se há muito tempo viesse se esboroando, sem eu perceber.

Minha vida no internato em breve seria uma recordação, um trecho de existência pálido na memória.

•

(Caminhamos, o Anão e eu, numa rua deserta, uma cidade despovoada. Edifícios altos dos dois lados, em tons de preto, cinza, branco. Nossos passos ecoam, reboam; os do Anão, miúdos, os meus, mais espaçados. Andamos de mãos dadas, crianças passeando. Ou a mãe com seu filho?

Tenho uma indescritível sensação de vazio. Onde estão todas as pessoas? O que fazemos aqui sozinhos?

De repente ele solta a minha mão, posta-se à minha frente, abre a braguilha. Olho, curiosa e enojada, mas não vejo seu membro: embora ele urine em minha direção, num grande jato continuado.)

•

Batem à porta; as Criadas. Contam com afobação que esta manhã a Moça Loura foi levada para o hospital de ambulância.

— Está mal — diz uma.

— Péssima — ecoa a outra.

E ficam me olhando, estrábicas aves de mau agouro nos seus aventais pretos e puídos. Deixo com elas mais um recado para a Madame invisível: meus lençóis andam cada dia mais remendados, as toalhas, ralas.

— E encardidas — enfatizo —, minha roupa vem encardida.

Durante o almoço, os estudantes estão mais barulhentos do que nunca. Sua invariável alegria começa a me irritar. Falam alto, um deles joga um aviãozinho de papel na direção da Menina Gorda, ela finge não ver. Tenho medo de que lhe digam alguma piada.

O calor tira a fome, mas a perspectiva de estar com Antônio esta noite me anima. Ou me dá essa leve dor de estômago?

O Torturador chega atrasado: caminha de passo arrastado até sua mesa, senta, cabeça apoiada na mão. Parece um velho: consome-se caminhando à noite em seu quarto.

A Menina Gorda e seu pai instalaram-se na mesa das Moças. Ela nunca me devolveu os livros. Come sem parar a comida que o pai lhe serve.

Estou triste com a lembrança das Moças, do seu melancólico amor, do seu desamparo diante da implacável morte. Se puder, visito-as na próxima semana.

Remexo com minha colher o cafezinho morno e ruim. De repente, um ruído que conheço brota do fundo das lembranças como uma bolha que estoura na superfície de um charco: alguém derrubou uma cadeira? A Menina Gorda está de pé, posição de sentido. Todos se viram para ela; o Enfermeiro com seu palito na boca, o Anão esforçando-se para enxergar por cima da beira da mesa, por que nunca o sentaram numa almofada? O Torturador virou-se para olhar a Menina Gorda, a Mulher Manchada esquece sua revista. A Velha não desceu. Os estudantes calam-se de chofre, um deles tenta um assobio, mas murcha como um balão furado.

A Menina Gorda parece em transe: sem piscar, diz, alto e claro:

— Quero pedir perdão publicamente a meu pai pelos meus erros.

E sai pisando duro, antes que qualquer um de nós consiga entender o que se passa, antes que o pai faça um gesto. Vai-se a Menina Gorda sem olhar para os lados, sem tropeçar, mas como se fosse cega. O Pai logo se recupera: vai atrás dela depois de levantar a cadeira. A meio caminho volta-se para dentro da sala de jantar, cumprimenta para todos os lados, sorri, como se agradecesse aplausos da platéia. Vai ao encalço da filha, no passinho jovial de sempre. Sinto por ele um ódio surdo. Ele a alcança na escada; sobem juntos, o Pai com o braço passado nos ombros dela.

Ninguém diz nada por um instante. Depois os estudantes começam com seu vozerio, comentam, riem, um deles faz uma pequena vaia, buuuu. O Enfermeiro chupa um fiapo de comida entre os dentes. Na cozinha alguém deixa cair louça, pilhas que se quebram com fragor. Sinto uma alegria maligna: a Madame me dá lençóis remendados, mas vai ter de pagar essa louça.

Depois meu coração se aperta: mais alguma coisa estilhaçou no mundo. O coração da Menina Gorda? A vida da Moça Loura? Eu, Antônio, Gabriel, nossa mãe, nosso pai?

O Anão sai para a varanda; encostado ao umbral, mão na cintura, olha a paisagem. Parece, entre aqueles verdes, um anão de jardim vestindo luto.

•

— Se você gostasse de mim morava aqui com a gente. É tão legal, mãe. O Moranguinho nunca mais fez pipi no tapete.

— Venha você morar com a Mamãe, querido. Você tem comido direito? Te achei magrinho da última vez.

— Às vezes eu fico meio triste. Fica tudo sem graça sem você, mãe.

●

Antônio telefona: não pode vir me apanhar: irei de táxi. Não quero me magoar com nada, ele há de estar preparando minha chegada; sinto um tom solene em sua voz. Minha nova vida vai iniciar quando eu passar aquela soleira. Subo para o quarto, encho de novo a banheira, deito-me nela mais uma vez.

●

(Estou metida numa panela de pressão. Vejo as paredes de metal, espanto-me porque respiro tão bem quanto um peixe debaixo d'água. Conforto, e paz. Mas a panela tem um defeito, noto com aflição: estou encolhida no fundo e a válvula sobre minha cabeça é um furinho preto e latejante. Sei que a panela vai estourar, a válvula abre e fecha, abre e fecha como um olho mau. Há rachaduras nas paredes agora: apalpo-as, sinto que aumentam. Do lado de fora da panela, Lucas prepara a sua refeição. Penso: Tão pequeno e já sabe cozinhar, e lidar com panela de pressão, coisa que nem eu sei. Aí me ocorre que quando houver o estouro, ele pode se machucar. O olho mau lá no alto pulsa cada vez mais furiosamente: por fim tudo se fragmenta, numa dor mortal.)

●

Quando me preparo para sair, batem forte na porta. O Enfermeiro, coisa que nunca tinha acontecido.

— Seu irmão vai mal. Melhor dar uma olhada.

Sim, já vou, digo que vou mais não irei: nada vai estragar esta minha noite, meu fim de semana. A loucura de Gabriel pode esperar mais dois dias.

Porém ele não me sai da cabeça. Sei o que é esta sua crise, começo dos velhos tempos. Quando eu estava no internato, e ele andava com dez anos, onze, além de tiques e comportamentos esquisitos, começou com aquela mania repugnante.

Quem chegasse em nossa casa saberia quando ele estava nessas crises: tudo cheirava a fezes. Entrava-se no quarto de Gabriel, ele deitado, quieto. Interrogado, fingia não escutar, ou desmentia indignado. Mas por fim nem escondia mais: metia a mão dentro das calças, atrás, tirava com uma plaquinha de fezes, começava a esfregar na cama, na parede. Mais tarde arrastava-se pelo chão, como um bicho, e por toda parte, até onde alcançava, desenhava com fezes nas paredes. Era preciso trancá-lo no quarto: depois, foi internado.

Fases de melhora e piora, partidas e retornos, mas seus olhos agora tinham um clarão demente que não se apagaria mais.

— Que vida cruel — comentei com Irmã Cândida quando lhe contei tudo isso, que ela certamente já sabia; as freiras estavam informadas sobre as nossas vidas.

— Deus é grande — ela respondeu, gostava dessa frase.

Espero que seja. Se não for, como vai me perdoar por não ter sido suficiente para minha mãe ficar conosco, por deixar meu filho e por me interessar tão pouco por Gabriel?

●

O táxi pára diante da casa de Antônio, quadrada e imponente, e mal-iluminada. Reconheço que me deprime. Ficará muito melhor quando Lucas correr por aqui com sua bicicleta, e gritando contente quando o embalo alto, vai haver um balanço num daqueles galhos grossos.

Nossa casa era clara, muito menor que esta. Fui feliz ali apesar de tudo, ou foi ilusão? Por que Marcos chorou quando falou com Lucas outro dia? O menino não mentiria.

Quando vou pagar a corrida, cai um papelzinho dobrado de minha carteira: o endereço de Antônio, que escrevi para o caso de haver necessidade. E se eu fosse atropelada nestas ruas, nesta cidade, onde ninguém me conhece? O papel me pareceu a medida de minha solidão: deixei-o no chão do carro. Aperto a sineta embutida no portão de ferro, digo meu nome no interfone, o portão se abre, vagaroso. Pelo cascalho vem ao meu encontro um homenzinho magro, camisa branca: o motorista de Antônio, a quem já conheço.

— O patrão está esperando — ele sorri, gentil. Um velhote gentil como uma freira.

Tenho vontade de indagar, e o menino? Mas não quero parecer ansiosa.

Vestíbulo amplo, escadaria de madeira, tudo um pouco austero. Luzes baças; não há espelhos.

Uma empregada também idosa, talvez mulher do velhinho, me aguarda no andar de cima, sorri, cordial:

— Que bom que a senhora veio.

Estou emocionada, o coração batendo forte.

Ela aponta para uma porta aberta no corredor: entro numa saleta vazia, uma grande janela, outra porta no fundo: entreaberta. Chamo por Antônio. Começo a achar esquisito, como é que ele não vem ao meu encontro, enfim, enfim? Meu estômago dói outra vez. Penso infantilmente, que bom que Irmã

Cândida está viva. Se tudo der errado, a gente corre para o colo da mãe.

Antônio chama meu nome, duas, três vezes.

— Já vou, já vou — digo, eufórica.

•

6 | *Você*, pater dolorosus

Você, *pater dolorosus*, sentado na poltrona, mesinha ao lado. O rosto voltado para mim era o seu, mas tão grave, suplicante, e triste. No seu colo, atravessado como um grande bebê, um adolescente. Muito comprido, desengonçado, esquelético; um longo braço pendurado até o chão; pés magros e brancos; todo ele flácido, como se lhe faltassem músculos; a cabeça sustentada na curva do braço paterno oscilava nesse forte apoio.

Termos médicos embaralharam-se na minha cabeça, mas o que é, o que é? Quantos meninos assim ajudei a nascer, quantos?

Você segurava uma colher; tentava dar a seu filho uma espécie de mingau tirado do prato na mesinha; o Menino, com dificuldades de engolir, babava-se todo, estava sujo; sua camisa, meu amor, estava manchada também.

Havia em toda a sua postura para com o Menino tamanha dedicação como nunca tive com Lucas, que era bonito e saudável; um tão terno amor que nele não caberia nada mais: nem eu. Senti, instintivamente: aqui não há lugar para mim; eu, tão precisada, tão carente.

Todo o meu desejo de ajudar, minha generosidade, tinham murchado. A cabeça do Menino parecia desmesurada, lembrei o meu Anão. Os mudos olhos escuros fixos em você, expressão pasmada; apesar da cabeça bamba ele se esforçava para te contemplar.

Fui chegando perto, hipnotizada. Minha voz, remota, repetia baixinho, meu Deus, meu Deus. O Menino gemeu, sentindo a presença estranha; você se inclinou mais sobre ele; pegou uma fralda, limpou-lhe o queixo, falava-lhe brandamente. Ele tossiu, engasgado, e você se afligia. Esquecera-se de mim.

— É... é você quem cuida dele? — consegui perguntar. Deus sabe de que novelo de confusão arrancava aquele fio de voz, novelos de arame farpado que enrolavam minha alma.

Você me olhou como quem vem de longe; tentou um sorriso falhado:

— Tenho gente que me ajuda. Mas ele só fica calmo quando estou perto. Por isso fico preso nesta casa todo o tempo em que não preciso trabalhar.

Lembrei de sua aflição pelo relógio, pelas datas, a pressa de ir embora cada vez.

— Por isso você sempre tinha tanta pressa — reclamei, meu tom queixoso era tão impróprio que me envergonhei. Minha voz amarga. — E por isso adiou tanto a minha vinda. Por que não me disse logo que era *assim?* — Mais amargura, mais dureza.

O monstruoso bebê soltou uma espécie de miado débil, e outro ruído repugnante; um cheiro fétido espalhou-se no quarto. Você me olhou rapidamente, dolorido e envergonhado.

Chamou um nome de mulher, e de outro quarto anexo, cuja porta eu nem percebera, veio uma moça forte, ar competente.

— Por favor, limpe-o e troque as fraldas — você pediu. — Eu ajudo a levar.

E quando manejavam cuidadosamente o Menino para o colocar numa cadeira de rodas, ele me fitou com seus grandes olhos, mas logo rolaram incontroláveis; com muito esforço, dirigiu-os para você, tentava falar. Apesar da repulsa e do horror, aproximei-me fascinada.

— Meu... pai... — conseguiu balbuciar o seu filho afinal, entre roncos, grunhidos, gemidos.

Tanto afeto nessas palavras, uma expressão tão patética. Nesse círculo eu não conseguiria entrar. Você abaixou-se, beijou-o na testa.

Eu ficaria de fora, como sempre. Não haveria energia nem amor que me ajudassem a partilhar com você essa sua cruz. Deixara meu próprio filho, que me dava tantas alegrias: não poderia dar nada àquela criatura.

Não fui médica nem mãe naqueles momentos: era uma mulher a quem a vida pregara uma peça macabra.

A enfermeira falava com o Menino em tom animador, como se ele entendesse; o pobre estava dependurado na cadeira de rodas, cabeça caída no peito. Você saiu do quarto empurrando a cadeira, e suas costas eram magras e encurvadas. Meu coração trespassado, mas eu sabia: não vou agüentar, nunca; não vou conseguir. Nem sei se quero.

Fiquei sozinha naquele ar pantanoso; por fim fui até a janela, abri as vidraças: noite limpa, sossegada.

Mais tarde você voltou, *pater dolorosus*, mas eu ainda não conseguira encadear dois pensamentos corretos. Tocou meu cabelo com os lábios, passou o braço pelos meus ombros: eu distante, gelada, encolhida, as garras da morte cravadas na alma.

Estava tonta, e pedi:

— Preciso me sentar um pouco. Não estou me sentindo bem.

Descemos as escadas, eu amparada no seu braço, como se fosse aquele filho. Bebi o conhaque que você me trouxe, entendi minha mãe num relance: esquecer, meu Deus, esquecer.

Você sentou numa poltrona diante da minha; quis segurar minha mão, mas eu a recolhi depressa. Não tive coragem de encará-lo.

— Eu não pensei que fosse... desse jeito — consegui dizer.

— E eu não pensei que você fosse reagir tão mal. Ou melhor: tinha medo disso, por esse motivo estava hesitando tanto... Não sabia bem o que fazer.

— Eu não me acostumaria nunca a conviver com ele... — minha voz agora era de choro.

— Acostuma, sim. — A sua estava mais firme. — Nem precisa lidar com ele... seja apenas bondosa... me dê o tempo de que preciso para estar com ele. Você não precisa nem *olhar* para ele, se for difícil demais... — seu tom de repente era implorativo, como de uma criança.

Tive nojo do Menino, de mim, da vida.

— Há sempre uma enfermeira com ele... temos empregadas... Não é tão ruim quanto parece no começo. Além disso você é médica, meu bem. E uma linda mulher generosa...

Pensei: Se ele agora disser que vou ter aqui uma felicidade deslumbrante, começo a gritar.

Você continuou, respirando pesadamente, e controlando-se:

— Ele é meu único filho, meu amor. Eu não lhe falava muito dele porque tinha medo; e porque poucos dias atrás tentei afastá-lo daqui... cheguei a fazer isso por sua causa. — Sua fala foi cortada por um soluço seco. Eu não tinha coragem de olhar. — Mas não há jeito.

— Não há mesmo? — perguntei, mesquinha e cruel.

— Não há. Nós o colocamos num apartamento, com enfermeira e tudo, mas ele começa a definhar. Os médicos deixaram bem claro: sem mim, ele tem pouca chance. O que é que eu poderia fazer?

Ficamos longo tempo calados. Eu me dilacerava entre a compaixão e a revolta. Depois você continuou, imensamente triste:

— Essa é a cruz que teremos de carregar.

Levantei-me implacável, nem me reconhecia. Paciência: aquele Menino também seria órfão de mãe pelo resto da vida.

— Temos, não. Eu não quero!

Você também se levantou, tentou me abraçar, ainda não me odiava. Dei uns passos até a porta de vidro que abria para o jardim escuro.

— Ele vai viver muito tempo? — indaguei com uma malignidade que parecia do Anão.

— Um ano... — sua voz falhou. — Dois, dez... uma gripezinha qualquer pode matá-lo... mas já sobreviveu a várias.

Pensei: Se eu vier para cá, vou passar cada hora do dia desejando que ele apanhe outra gripe; que morra, que morra. Que nos deixe em paz, que me deixe viver em paz. Sou incapaz de amar essa criatura, não importa se pareço louca, ou má. Não consigo. E como vou trazer Lucas para morar nessa casa, com essa... essa presença? Não vou viver com esse patético vampiro que suga o homem que amo.

— Eu queria poder poupar você. Queria muito — sua voz agora estava exausta. — Mas não posso.

Meu coração era uma pedra no fundo de um poço escuro, e estreito, um poço de egoísmo e fel.

— Eu jamais conseguiria viver aqui, com ele — disse a minha voz.

•

Chove sobre a floresta. Chove forte sobre a Casa Vermelha, que carrega na noite seu fardo de sofrimento e loucura, vidas desconectadas, sem raiz... mas de certa forma unidas entre si pela falta de um destino, de um sentido. Precário barco: quem é o timoneiro?

Chove sobre a minha antiga casa. Talvez Marcos esteja junto da cama de Lucas, ouvindo sua respiração.

Talvez Antônio esteja no escuro junto da cama do seu Menino, pensando no meu egoísmo.

— Meu pobre amor — digo em voz alta, depois sussurro, mais baixo que o rumor da chuva: — Meu pobre amor.

•

Fiquei na casa de Antônio pouco mais de uma hora. Não houve o desejado fim de semana: quando vi, eu estava de volta; no trajeto até a Casa Vermelha, ficamos mudos no carro; eu pensava, que bom se tivermos um acidente, que delícia, morrer aqui e agora, esquecer, esquecer... Quando nos despedimos, frios, repeti tonta de remorso e mágoa:

— Eu não poderia. Não poderia.

As mãos de Antônio não demoraram nas minhas. Meu coração era uma ferida latejante; nem toda a chuva do mundo o poderia lavar.

•

— Mamãe, quando eu quiser passear com você eu digo, tá?

— Você não gostou do carrinho novo?

— Gostei. Mãe, lembra as noites em que não nascia neném, e você contava histórias pra eu dormir?

•

Eu estava entre a cama, a banheira, a miséria absoluta e a raiva de tudo, há alguns dias. Não descia para as refeições; avisei às Criadas:

— Se telefonarem para mim, digam que viajei; se for voz de homem, digam que morri.

Tomava leite de vez em quando: abria os olhos, e na mesinha-de-cabeceira havia um copo de leite. As Criadas teriam trazido? O Anão? A Velha? Eu bebia, porque afinal queria sobreviver, havia Lucas, havia contas a acertar com a vida.

Aí, as Criadas insistem, do lado de fora da porta.

— É aquela moça, as duas professoras, lembra? Uma está doente, a outra está no telefone, diz que tem de falar com a senhora de qualquer jeito.

Arrasto-me para fora da cama, visto apenas um roupão, nunca desci assim, mas que importa? Cabelo desalinhado, sento-me na cadeira perto do telefone, ouço com desinteresse a voz da Moça Morena:

— Ela está morrendo.

Tive vontade de dizer: De alguma forma eu também estou. Mas de repente o velho instinto estava aí, era preciso ajudar, fazer alguma coisa.

E o caso das duas ainda me emocionava; eu não estava tão embotada assim.

— Estou com medo aqui sozinha — a voz da Morena perdera toda a energia, era um choramingo. — Os parentes dela só chegam amanhã. Não conheço mais ninguém.

Juntei meus pedaços e fui.

A Moça Loura estava numa unidade de tratamento intensivo. A atmosfera submarina, a luz esverdeada. Vesti a velha fantasia: aventalão, sapatões de pano, máscara. Pensei, por que máscara? Vai nascer uma criança? Vai morrer uma antiga criança, mas esta eu não ajudei a nascer; não tenho responsabilidade nesta morte, nesta não tenho.

Mergulho no mundo meu conhecido. Biombos escondendo sabe lá que sofrimentos finais, por toda a parte a Morte com sua gélida pata, quem é o próximo, quem?

A Loura estava em sua cama alta: majestosa como uma rainha que recebe as últimas homenagens antes de uma grande viagem. Fora magricela, apagada: agora assumia proporções tais que quase não a reconheci. Parecia uma mulher enorme. Olhos fixos, esforçava-se para continuar divisando as aparência deste mundo que não interessavam mais. Ligava-se a ele por tênues fios, ainda o amor, a compaixão talvez, mas eram tudo restos, fiapos. Vinha somente condescendendo com o amor, que também agora, vai ver, perdera a substância para ela.

Seus olhos passaram por mim, prenderam-se na amada, que controlava o choro e segurava sua mãozinha magra.

— Como é que você está? — indaguei feito uma idiota.

— Agora... eu... estou melhor — sussurrou ela, mas não era para mim que falava, era para a outra, que acompanhara hora a hora a dissolução do seu corpo; por algum tempo ainda lutara para ficar junto dela, agora não agüentava mais. Baixei minha máscara, a Morena nem tinha posto a sua: que sentido tinha aquilo?

De repente a Loura sorriu. A expressão é ruim, mas era isso mesmo. Pensei: um sorriso angelical. Vinha uma luz de dentro dela.

Seu rosto estava incrivelmente encovado; os lábios repuxados exibiam uns dentes que pareciam desproporcionalmente grandes. Sangrava sem parar, me dissera a Morena; no ar aquele cheiro enjoativo de sangue, minha mãe deu um tiro abaixo do seio, a gente não via o sangue mas ele estava ali, escorria, pingava, meu irmão dormindo ali sem saber, e eu, eu eu? Dormi, desmaiei, de alguma forma fugi do inaceitável? Uma vez ao menos fomos inteiramente acolhidos junto dela.

Quando eu me virava para sair brotou no lençol, à altura do sexo da Loura, uma flor de sangue. Fingi não ver; sinalizei para uma enfermeira, fui embora. Na porta virei-me ainda uma vez: as duas estavam concentradas, uma na sua viagem, outra no amor que se ia. Talvez a Morena nem tivesse percebido aquele pulsar do sangue que explodia pela última vez para logo se aplacar definitivamente.

Com o canto do olho vi a Morte bocejar de tédio, encostada num biombo; debaixo do aventalão aparecia uma cauda inquieta.

Depois da morte da amiga, a Moça Morena, agora sem chorar, deu alguns telefonemas. De madrugada foram chegando os parentes da Moça Loura: talvez os pais, irmãos. Gente do interior, falando baixo, olhando espantada. Não sabiam bem como tratar a Morena: a ligação das duas, se sabida, fora execrada; agora pareciam inseguros, quem sabe uma tardia e inútil crise de remorso.

A Loura Sonâmbula estava enfim liberada de todos os conflitos.

•

Saio do meu exílio para dar uma olhada na minha vizinha: a Velha parece extremamente debilitada. A vida nela desiste, mas ela ali firme, tricotando a sua espera. Ou melhor: parece que esqueceu o tricô, as agulhas esquecidas sobre a mesinha. Embora pareça loucura, acredito que ela não tenha dormido mais: congelou na espera do seu menino, que, tenho certeza também, há de vir. Venha, venha, digo à criança em pensamento, *venha de uma vez!*

A bandeja do café está intocada.

— Não quer ficar forte para quando ele vier? — Acaricio o cabelo dela, fininho e tão branco. Ela sorri, mas está atenta a outra realidade.

Acho imprudente deixá-la nesse estado, mas quem sou eu para intervir? Talvez o menino não a encontre num quarto de hospital.

Chamo as Criadas no térreo: saem da cozinha mastigando qualquer coisa. Essas duas não devem se dar conta das sombras que povoam a Casa Vermelha: seu mundo há de resumir-se em cozinhar, comer, limpar, mexericar. Secam as mãos nos aventais sujos.

— É bom avisar a Madame de que a Velha está fraca, tratem de cuidar de que ela coma, uma sopa, um mingau. E a umidade da parede parece um dilúvio.

Falo num tom antipático, quase hostil. Estou cansada demais, infeliz demais para ser educada. O mundo apodrece, a velhinha naquela espera, a Casa Vermelha gira numa correnteza louca, e as Criadas comendo e me olhando com seu ar apalermado. Não sabem de nada, ou sabem muito mais do que imagino.

•

— Vamos passear na floresta enquanto o seu Lobo não vem...

O Anão cantarola na sua voz metálica, trotando à minha frente.

Não tenho ido trabalhar, estou perturbada demais, e não vou fazer falta, o que faço na secretaria da escola não tem importância, é apenas um derivativo, um jeito de não enlouquecer.

Vou me despedir do falso emprego, da falsa vida, vou tomar rumo. Que rumo? Não sei, deve haver rumo para mim. Talvez o caminho da minha antiga casa: meu filho, meu filho.

Passei uma noite de esquecimento, comprimidos para dormir, inveja da Moça Loura que morreu há dias, da Velha que vai morrer daqui a pouco.

Acordei com assobios na rua. Por fim levantei, curiosa; pequenos detalhes me revelando que a vida não acabou: ainda consigo sentir compaixão, como pelas duas Moças e pela minha velha vizinha, ou curiosidade, como agora. Estou viva.

Era o Anão assobiando insistente. Postado bem no lugar onde normalmente fica o Cego. Só aí percebi que o Gnomo andou sumido nos últimos dias. Fazia veementes sinais com os bracinhos.

Debrucei-me no peitoril, como na infância quando ele me chamava para o jardim a fim de ver uma rã morta, um passarinho de asa partida, uma lesma na qual tinha jogado sal, e que se retorcia desesperadamente. Era mestre nessas coisas repulsivas.

— Descobri uma entrada para o mato, você quer vir?

Primeiro pensei que ele ia me fazer de boba; depois me animei: a floresta inatingível ia se abrir para mim, um pouco que fosse?

Há dias não se viam os macaquinhos. Passei os olhos pela árvore deles: nada.

Quem sabe uma boa caminhada ajuda a pôr as idéias em ordem?

Nunca mais vi Antônio, nem atendi aos seus vários telefonemas: posso ir embora assim, sem uma despedida, uma explicação. Tenho um filho: posso voltar para a minha antiga casa, se está ocupada por outra mulher? Poderei tentar conviver com Marcos amando outro homem? E as traições, e as injúrias que nos infligimos mutuamente? Não sei. Estou confusa e triste. Talvez não haja saída para mim, a não ser, neste momento, andar um pouco pelo mato.

E minha clínica, poderei refazer isso também? Os ventres tensos, as caras assustadas: dentro, os corações dos bebês batendo depressa como os de passarinhos, os das mães mais graves, lentos; e eu pensando: para que vou ajudar todos esses a nascer, para que destinos os estou entregando, tão desprotegidos que são?

— Vamos passear na floresta — respondo para o Anão, como se tudo fosse uma grande brincadeira.

Vesti uma roupa qualquer, prendi o cabelo na nuca, molhada de suor mas sem tempo para um banho. O Anão estava impaciente.

Ele tinha razão: havia ali um acesso à mata onde os fios de arame farpado estavam cortados. Entramos numa espécie de sombrio túnel, verdes e castanhos, sombras móveis ou imóveis, ele à minha frente. No começo andei hesitante, atordoada pelo efeito do remédio para dormir. Depois a magia do lugar me dominou. Seria como voltar para casa, quero ir para casa, por favor, por favor.

Aqui e ali nas copas altas, vultos ariscos: macaquinhos, e pássaros do pio tristonho. Vento, rumor como de mar, manchas de sombra e luz: a floresta é uma grande Mulher Manchada estendendo-se nua montanha acima.

Depois o sol sumiu, devia estar ameaçando chuva lá fora, devíamos ter caminhado longe mata adentro. Tive um pouco de medo.

— Vai chover — eu disse. — Está abafado demais.

— Lá adiante tem água — disse o Gnomo. — Um grotão. Vamos! — seu tom era imperioso, e eu me deixava levar.

O caminho agora era uma ladeira subindo quase vertical. Arbustos arranhavam minhas pernas, galhos laceravam minha cara. Eu ofegava como alguém prestes a morrer, assistira a algumas mortes, é sempre tão penoso o corte dos últimos fios, os fios da vida são tenazes. Minha mãe devia ter tido uma morte boa: um clarão, uma punhalada, e a liberdade.

O silêncio da grande bebedeira final, morrer deve ser um gigantesco porre de nada, de silêncio e vazio.

— Eu vou ficar aqui — avisei. Um pequeno platô, uma espécie de clareira. Sentei-me numa raiz lisa como uma tromba correndo sobre a terra. O Anão ficou por ali, rondando, abaixava-se, colhia cogumelos graúdos como cabeças calvas.

De repente toda a tragédia da vida abateu-se sobre mim: eu brincando de passear na floresta com aquele anão doido, meu filho sozinho, Antônio cruelmente ferido. Lucas, um órfão a mais; Antônio, crucificado no seu Menino; e eu, acuada de todos os lados, sem saber para onde ir.

— Minha vida não tem mais jeito — eu disse em voz alta, e desatei a chorar.

Chorei muito, rosto escondido nas mãos. O Anão chegou perto, começou a tirar dos meus cabelos as folhas secas, o nó que os prendia na nuca soltara-se na caminhada. Ele com gestos de mãe, eu soluçando cada vez mais. Ele gemia numa espécie de cantilena:

— Aiaiai, aiaiai, aiaiai...

E então começou a chover. A chuva veio precedida de um forte cheiro de terra molhada, de vento, o vento era Deus andando na floresta, abrindo caminhos para o implacável destino. Os pingos grossos bem perto, depois sobre nós.

Eu chorava, o Anão gemia. Começou a esfriar, meu cabelo estava escorrido. Olhei, e o chapeuzinho do Anão estava desabado e ensopado também.

— Aiaiai, aiaiai, aiaiai.

— Afinal, *quem é você?* — perguntei de repente, levantando-me e olhando para ele, como quem interroga uma criança.

Mas ele só gania:

— Aiaiai, aiaiai, aiaiai.

Não recordo quando voltamos, nem sei como saímos da floresta encharcada. Nem sei se realmente estivemos lá, mas acordei no meio da tarde com o cabelo molhado com a roupa que nem lembrava de ter vestido.

•

Espalho sobre a colcha os retratos de minha mãe. Mas a melhor lembrança está no fundo das retinas, na ponta dos dedos. Uma mulher tão grande, dama antiga de sólida aparência: no entanto, toda fragilidade, medo. Sede. Perdição. Corpo de parideira, mas o coração no exílio.

Tinha uma pele muito doce: eu raramente a tocava, ela não queria; encolhia-se toda, nossos abraços e beijos tinham de ser breves e superficiais.

Parecia feita para o amor e a vida, mas era ligada à banda da morte. O Anão estava certo: uma rainha exilada. Talvez só morrendo entrasse no seu reino para matar a sua grande sede.

Guardo as fotos; tiro do armário o frasco de pedrinhas coloridas. Derramo as bolinhas na cama, meu tesouro. Quantas vezes minha mãe tomou tudo isso nas mãos, deixou correr entre os dedos, contemplou à luz do seu abajur? O que lhe teria significado, antes daquele tiro?

É noite lá fora; parou de chover. O Anão deve ter roubado as bolinhas verdes, porque só estão aqui as vermelhas e as brancas. Basta pensar nele e a vozinha antipática se intromete:

— Vai engolir tudo isso? — espia sobre meu ombro, plantado na ponta dos pés. Será que alguma vez ele usou óculos? Finjo que não escuto.

— As pílulas da rainha?

— São minhas pedrinhas, pigmeu. E você roubou todas as verdes.

Mas o passeio no bosque me uniu mais a ele. Foi isso que me ficou na vida: um pobre anãozinho desengonçado a quem desprezo e quero bem, deslocado em toda parte, sempre de fora da vida, por isso tão meu cúmplice.

O Anão foi embora, deixa a porta encostada. Deito-me de costas, pálpebras fechadas com força, não ver mais nada, nunca mais. Quando os abro de novo vejo a sombra no espelho da cômoda. Não quero olhar, não quero. Mas olho: ela aparece, cada vez mais freqüentemente. Primeiro a barra do vestido longo, depois a mão com o copo, a perna arqueada no passo, o rosto de perfil. Tenho vontade de pedir: Me leva para casa.

Nisso ela se vira e pela primeira vez me encara; suas desmesuradas órbitas não estão verdes, mas cobertas de escamas. Hão de ser assim os olhos do Cego.

•

No meio dos retratos, um de minha avó paterna: única que conheci.

Estou no colo dela, com aquele ar de órfã com que devo ter nascido.

Essa era uma mulher simples: lidava com terra, plantas e bichos e pessoas com a mesma generosa disposição. Um sorriso bom na cara larga. Ela e meu avô foram as pessoas mais reais da minha infância. Nos pais de minha mãe não se falava: apareciam em raras fotografias.

Esses, os avós de verdade como eu os chamava secretamente, moravam no interior, quase uma aldeia: casa com grande quintal, uma espécie de granja. Algumas vezes, quando minha mãe ficava pior, ou depois da sua morte, meu pai nos levava para lá, e ficávamos, Gabriel e eu e a babá dele, semanas a fio.

Eles pouco vinham à nossa casa: não deviam gostar da cidade grande, e desconfio que não sabiam ao certo o que pensar da nora. Assustavam-se com sua elegância, sua ausência, aquele copo na mão, e as ameaças de desconhecidas crises no ar.

Durante as visitas deles meu pai ficava ansioso, falava muito, enquanto minha mãe ficava mais calada que nunca.

Eu gostava de estar com meus avós na casa deles. Lá não eram tímidos, mas alegres. Achavam graça de mim, de minha mania de sonhar ou pedir que contassem histórias, ou mais tarde, de chegar carregada de livros que devorava numa rede entre dois cinamomos.

— Essa vai ser doutora — profetizavam.

— É a alegria do pai — diziam, como se ele não tivesse outras razões de ser alegre.

Tudo em casa deles era diferente da nossa: menos sofisticado, menos misterioso, mais vital. Pão feito no forno; verdura da horta; lençóis ásperos; mãos nodosas mas firmes, que gostavam de botar a gente no colo.

Porém o fim da vida deles, rica e generosa, foi triste. Meu avô, velho e doidinho, encheu-se de horror pela mulher. Apontava antigos retratos dela do tempo de moça, e reclamava indignado:

— Minha mulher é *aquela*. Não essa que botaram na minha cama, que parece uma coruja velha. Onde anda a minha mulher? Eu quero a minha mulher! — E se não tomassem cuidado batia na velhinha que sem entender nada fugia aos prantos.

Por fim, sempre reclamando pela amada jovem e bonita, morreu o meu avô. Eu estava no internato, e há bastante tempo não o via. Minha avó foi-se também, desolada, pouco depois.

Nunca entendeu o que tinha acontecido com o homem a quem amara e dera um filho, com quem vivera, plantara, colhera e sofrera por mais de cinqüenta anos.

Fora uma boa mulher, a avó que me segurava no colo nesse retrato; uma existência feliz; no fim recebera sua dose de sofrimento e injustiça.

•

— Minhas toalhas agora estão vindo com cheiro de cachorro molhado! — reclamo; as Criadas riem como duas imbecis. Tenho impulso de dizer, em tom familiar: Sabem que meu filho tem um cachorro chamado Moranguinho?

Mas me arrasto para fora das lembranças, encaro as duas gravemente. Havia vermezinhos brancos hoje na umidade do quarto da Velha, e cheiro de esgoto. Disse-me que talvez a filha a venha buscar, o que a deixa alarmada. Mas está confusa, ou eu não consigo me concentrar no que ela diz.

•

— Afinal, onde fica o seu quarto?

Estou colocando algumas peças de roupa numa maleta. Depois de tantos dias, Antônio conseguiu me falar; e me persuadiu a tentarmos ao menos por uma, duas noites.

— A gente se ama — ele repetia —, tudo vai dar certo.

Eu não acreditava muito, estava cansada; mas é uma esperança, uma tentativa: por isso me preparo, enquanto o Anão me observa agachado sobre a colcha ao lado da mala. Ele responde com um vago gesto da mãozinha gorda, exatamente como eu esperava:

— Lá...

— Na torrezinha?

Ele não responde, finge que me ajuda a dobrar a camisola de seda fina; afasto-o grosseiramente. Tenho vontade de indagar se mora em um daqueles imensos armários pretos, mas estou mais interessada na minha ida à casa de Antônio. Serei capaz? Valerá a pena? Estou tão desvalida, e sinto por ele tamanha compaixão: vamos tentar.

O Anão poderia até morar numa mala grande, penso, enquanto puxo o zíper fechando a tampa.

Quando eu era menina, cheguei a descobrir o quarto dele; uma experiência da qual muitas vezes mais tarde duvidei, teria sido apenas sonho? As coisas sempre se confundiam na minha memória, a infância em grande parte feita de visões.

Pouco antes da morte de minha mãe, eu andava angustiada; tinha insônia; talvez aquilo que rondava nossa casa me perturbasse. Naquele dia voltei a discutir com o Anão, porque ele ainda se recusava a me levar ao seu quarto.

Tinha medo de andar de noite pela casa, mas estava decidida a procurar. Raiva e medo me deram a audácia dos doidos, e, tremendo ao pensar no que aconteceria se meu pai soubesse, ou se o Anão se zangasse de verdade, esgueirei-me para o corredor de madrugada.

Descalça fui até a escadinha em caracol no fundo de um corredor, entre os dois espelhos que tornavam tudo muito mais irreal. Eu nunca tinha subido aqueles degraus: meu pai sempre proibira, dizendo que lá em cima era escuro e sujo, havia escorpiões e ratos. Que lugar melhor do que aquele para um Anão sinistro morar?

Eu levava na mão uma vela e fósforos: talvez não houvesse luz lá em cima. Minhas mãos tremiam; meus dentes batiam como se eu tivesse febre. No fim, não sabia se tinha mais medo de prosseguir ou de voltar.

No alto da escadinha apenas uma porta estreita, mal e mal se via a fechadura com os restos de luz do corredor embaixo.

Meti a mão na maçaneta que cedeu sem dificuldade. Minha respiração aflita, o coração aos saltos. A porta se abriu como se esperassem por mim.

Apenas uma lâmpada fraca pendia do teto, à altura do meu rosto. Uma só janela numa das paredes: uma janelinha de anão. Na outra parede um berço com grades. Será que ele trepa aí toda noite para dormir? pensei. Parecia meu velho berço de criança, mas não tive certeza.

Não havia nenhum brinquedo ali; nem livro; nem copo. Nada.

Apenas, no meio do assoalho, um pequeno gato esticado. Toquei nele com o pé nu: morto.

Desci a escadinha aos saltos, e nunca falei com ninguém sobre o que vi ali, e o que pressenti.

•

— Quantas criancinhas você ajudou a morrer, doutora?
— A nascer, cretino. Por que não pára com essas piadas de mau gosto?
— Morrer! — ele insiste. — Pois não é isso que se começa a fazer quandos se nasce?
— Virou filósofo agora? Não me amole!

Desisto de discutir com ele: preciso arrumar minhas idéias, chegar em casa de Antônio firme e animada, tentar consertar o fracasso da minha primeira visita. Os macaquinhos guincham do outro lado da rua, na minha floresta.

— Ontem apareceu outra vez um aqui no peitoril — digo, mudando de assunto. A pergunta dele me inquietou. Mas ele já parece desinteressado de mim, trepou na cadeira, continua com aquele livro de Obstetrícia. Lê com a cara bem próxima do livro. Precisa de óculos.

— Nem sei como conseguem chegar aqui — insisto. — Atravessam a rua, não é uma graça?

Ele se vira lentamente, me olha muito sério; pensei que fosse fazer uma de suas piadas. Mas desce da cadeira com dificuldade: está ficando velho, o Gnomo horrendo. Sai sem dizer nada; depois volta, mete a cara pela fresta da porta, ainda esse olhar grave. Então pergunta:

— O que achou do seu futuro enteado?

•

Esperando o táxi na rua, desejo ardentemente que Antônio tenha metido o Menino num hospital. Assim poderemos nos amar sem que eu receie a qualquer momento ouvir um grunhido no quarto ao lado.

— Vai dormir com a enfermeira no fim do corredor — ele me tranqüilizara, mas meu medo continua. Talvez a enfermeira bata na porta exatamente quando estivermos nos acariciando e diga:

— Doutor, seu filho está agitado, acho bom o senhor vir.

Controlo o meu desejo mesquinho, no fundo quero que o doente desapareça da nossa vida, e tenho medo de que Antônio note isso. Onde meus sentimentos maternais, humanos, profissionais, minha bondade natural? Eu sempre quis ajudar os outros. Agora só quero que alguém me ajude.

Quantas das crianças que ajudei a nascer já estarão mortas, ou querendo morrer, de tanto sofrimento?

•

O toque de Antônio, suas mãos, seu corpo, sua boca em mim não me incendeiam como antes. Fico tensa: nesse momento, no quarto no fim do corredor, não haverá um monstruoso ouvido alerta, escutando nossas palavras e gemidos, e movimentos? A cama não está rangendo? Quem sabe o Menino, deitado no escuro, rola os olhos nas órbitas, pressente o que fazemos, sabe mais do que se pensa, com suas antenas?

Ou, sozinho, gorgoleja: Pai, pai pai?

Não seja ridícula, digo a mim mesma. Mas não adianta. Minha fantasia disparou por esse caminho torto, não consigo freá-la.

Antônio me acalma:

— Isso passa.

Acabamos cochilando abraçados e nus, eu miserável sabendo que não poderei morar aqui; tenho de abandonar o homem a quem amo, não posso viver com ele. Nem posso separá-lo do filho doente; nem posso recuperar meu filho sadio; minha vida está encalhada.

No sonho durante meu breve sono junto de Antônio, um macaquinho nos espia enquanto tentamos aflitos fazer amor e não conseguimos: o animal tem a cara do Menino doente.

•

Hoje faço questão de ver o Menino doente. A claridade do dia me anima. E uma última esperança. Vou me concentrar, me esforçar, já vi coisas muito piores que essa, e minha vida está em jogo; minha e de Antônio.

Fico junto da enfermeira quando ela banha e veste o Menino. Antônio teve de sair e eu resolvi testar minha força. Mas num momento os olhos do doente rolam na minha direção, prendem-se em mim num brevíssimo lapso, e há neles tanto ódio que um frio corre pela minha espinha.

Mais tarde, passeando com Antônio no jardim, digo:

— Seu filho me odeia.

Ele ri, me abraça, quer me beijar; desvio o rosto. Para ele, não há dramas; o doente é seu filho amado, eu é que devo lhe parecer nervosa demais, sensível demais.

— Não posso trazer Lucas para vir morar aqui... com ele.

— Ora, meu amor, crianças são mais generosas do que se pensa! Além disso, seu filho não terá de conviver com ele.

Antônio está querendo dizer que eu não sou generosa: e é verdade.

Ainda estou ressentida: por que não me disse desde o começo que era tão grave assim? Ou eu teria de qualquer maneira essa reação incontrolável que me envergonha tanto?

No meio do terceiro dia sinto que, se passar mais algumas horas na casa enlouqueço. Já estou odiando francamente o doente.

— Não vai dar certo, Antônio. Estamos apenas nos atormentando. Não tenho grandeza, força, generosidade, amor, sei lá. Não vai dar certo. Por amor de Deus, me leve para casa.

Para a Casa Vermelha; é o que me resta. Marcos haveria de rir, vendo o meu fracasso. Antônio ainda insiste bondosamente; mas estou dura, e cheia de raiva agora. Preciso ter raiva dele, mágoa, ressentimento, para meu coração não rebentar de compaixão. Que culpa tem Antônio da sua desgraça? O que é que eu esperava, que ele deixasse o Menino doente entregue à própria sorte?

— O que é que você quer afinal? — ele pergunta por fim, e está amargo como nunca. — Que eu dê formicida ao meu filho?

— Não há nada a fazer — respondo. — Nada. A culpa é minha, toda minha. Não posso, não posso. Eu quero meu filho, quero voltar para casa.

— Para a casa de seu ex-marido? — ele dá uma risada seca. E me olha, ombros caídos; Antônio envelheceu.

Fico choramingando que quero "voltar para casa".

Ele então pergunta, num desalento infinito:
— Por que Deus fez isso com a gente? — Depois, num assomo de revolta, ergue o punho fechado: — Deus é um filho da puta!!!

•

— Você teve um belo chilique, mocinha. — O Anão está empoleirado na cadeira ao lado de minha cama, sua voz de sapo é a primeira coisa que percebo quando volto à tona, saindo do fundo do poço do esquecimento artificial de um comprimido a mais? Não lembro como cheguei aqui.
— Que foi? — quase não tenho voz.
— O seu amado deixou você aqui. Você teve a sua grande crise, uma cena e tanto, chegou aqui feito louca, berrou, correu, desmaiou. Ele ficou um pouco e foi embora. Não estava com cara nada boa, não.

Pobre Antônio. Pobre Menino. Pobres de todos nós.

Tento lembrar a cena na casa de Antônio; sei que comecei a rir, chorar, a correr, a me debater, depois a escuridão.

Viro-me para a parede, puxo o lençol sobre a cabeça.

O Anão cantarola o que as freiras cantavam na Capela no tempo da minha adolescência:
— Boa noite, meu Jesus...

•

7 | *Um grande vento me acorda*

Um grande vento me acorda. A Casa Vermelha estremece com as rajadas mais fortes, portas batem, venezianas rangem. Faz frio, estou gelada. Um cadáver com um tiro abaixo do seio, o filho veio e mamou sangue, mais tarde ficou doido e escreve nas paredes com fezes.

Pela janela entram luar e ventania. Levanto-me com muita dificuldade, arrasto-me até lá. Tenho vontade de vomitar. Antônio deve ter me dado calmantes demais. Nua como estou, como estava debaixo do lençol, estendo o braço, quero fechar a veneziana. Foi Antônio quem me deixou assim na cama, ou será que o Anão...? Mas a veneziana resiste pela força do vento. Inclinada, forcejando, alguma coisa no telhado atrai minha atenção. Não são as Sonâmbulas: uma delas apodrece mansamente sob a terra, a outra a pranteia em algum lugar até secarem as lágrimas, murcharem o amor e o corpo, e a paixão se dissolver no cotidiano cinzento.

Mas alguém está agachado no lugar onde as duas balançavam fundidas naquela noite singular. Não há nuvens no céu, apenas ventania, copas altas se retorcem loucamente, restos de uma lua escancarada derrama claridade.

É a Velha que está ali. Concentro-me, luto contra a náusea, vejo-a nítida, recortada diante do céu. Tão espantoso que quase dou um grito, sai apenas um som esquisito da minha garganta. Ela também é sonâmbula? Se não for, como chegou aí? O cabelo branco desgrenhado parece farrapos de tecido branco. Ela se vira para o mar, quase de costas para mim. As pernas descarnadas expostas, o vestido arrepanhado.

Preciso chamar alguém, tirá-la dali antes que despenque. Chamar as Criadas, o Enfermeiro, esconjurar o maldito Anão que sabe caminhos mágicos. Mas não é preciso: estico mais o pescoço e ele aparece: anda devagar sobre as telhas, inclinado contra o vento; chega perto da Velha. O chapéu deve ter voado; sua cabeça calva reluz como um cogumelo gigante ao luar. Inclina-se para a minha vizinha, fala alguma coisa com ela.

Tenho medo de que os dois caiam e se rebentem na calçada: fujo para dentro, fecho apenas a vidraça. Então vejo, rolando no vento de Deus pela calçada, o chapeuzinho do Anão.

•

Estou esmagada pela vida, pelas perdas e fracassos. Meu rosto no espelho ficou severo, vincado, os cantos da boca virados para baixo. Não consegui manter meu casamento nem perdoar a traição, era para se perdoar? Algumas vezes Marcos me disse: Eu ainda te amo, aquilo não teve importância; mas tinha, para mim tinha. Eu olhava sua boca: beijou outros seios? Olhava suas mãos: acariciaram outros sexos?

Nem consegui reter meu filho comigo; nem fui generosa com meu novo amor.

E quem sabe Marcos afinal nem foi um canalha?

Decidi que, se puder, volto para a minha cidade, tento reconquistar meu filho, entrego meu destino a Deus. O punho cerrado de Antônio, seu grito agoniado, a queixa amarga e justa: por quê?

Irei à escola avisar que não trabalho mais, acertar as magras contas, despedir-me de minha Freira. Que bom saber que ao menos ela está aí: vou lhe escrever, telefonar, visitar de vez em quando. Essa idéia me conforta um pouco.

Ela parece mais envelhecida ultimamente. As pessoas ficam um tempo num patamar, os anos aparentemente não correm; depois correm, elas deixam de ser imunes aos dentes dessa engrenagem, desabam tão rápido que é difícil acreditar.

É ela o que me resta, essa sombra de mãe: velha, cansada, talvez doente. Tem olheiras roxas, respiração difícil. Põe a mão no peito às vezes, ao subir escadas. Não quero saber: para mim, é eterna.

•

Caminhamos devagar no pátio do convento. Irmã Cândida me escuta, pensativa, quando me acuso diante dela: sou mesquinha, egoísta, fria, fraca, não fui leal nem com meu filho, nem com Antônio. Minha vida está uma confusão total.

Ela continua calma. Acha que estou apenas numa fase muito complicada, logo vou sair dela.

— Você ainda está de luto pelas grandes mudanças e perdas, minha filha. Só com mais tempo vai avaliar se teve ganhos, quais foram, o que fazer com eles. O tempo vai dizer. Não se acuse assim. E confie em Deus.

Tenho vontade de lhe contar o que Antônio falou de Deus, mas seria grosseiro. Deus é um filho da puta, cruel demais dizer isso, cruel demais sentir isso. Despeço-me antes do que pretendia: desta vez ela não me conforta; está distante. Conheço esse ar, esse frio, essa apatia que a vai invadindo. Minha velha amiga já foi tocada pela morte que tudo quer para si, e nunca se contenta.

O Enfermeiro me importuna assim que chego: preciso ver Gabriel sem falta, ele está... sim, eu sei como está, imagino. Amanhã eu vou, hoje não: minhas próprias fezes me bastam.

Chamo as Criadas para que me dêem um copo de leite. Não gosto de entrar nessa cozinha suja que também cheira a esgoto. Mas como não respondem, abro a porta: junto do fogão, olhando pela janela, de costas para mim, uma mulherona de cabelo grisalho num coque na nuca. Fico na soleira, enfim: digo "Madame" alto, duas vezes, mas ela nem se move. Então não é a dona da casa? É alguma visita; uma nova cozinheira? Apenas mais uma hóspede excêntrica?

Esqueço o leite, subo as escadas arrastando os pés como o Torturador, que aliás não tenho escutado: foi embora? Para onde o terão enxotado os seus perseguidores? Os gatos deixaram de miar: então, vai ver nem eram gatos.

•

Telefono para minha antiga casa: uma voz feminina atende. Não a conheço. A vida começa a invadir meu velho reino, de onde me afastei; aqui, a morte sufoca meu coração. Empregada nova? Namorada de Marcos? Peço que chame Lucas, a voz diz, toda cordial:

— Ah, é a mãe dele? Você tem um *amor* de filho. — Portanto, não é empregada; deve ser a nova namorada de Marcos. Ela chama Lucas com uma terna intimidade, trata-o por "Luqui". Fico numa raiva surda, e quando respondo ao seu alô ele já está repetindo a palavra várias vezes.

Minhas pernas estão tremendo: ando fraca, e nervosa.

— Quem atendeu o telefone, filhote?
— Uma amiga do papai.
— Ela é boazinha com você?
— É...

— Vamos passear no fim de semana, querido?
Ele não sabe, hesita:
— Parece que vai ter uma festinha no colégio, mãe.
— Tudo bem. Eu ligo de novo.
Largo o telefone e começo a rir baixinho: estou ficando histérica.

Passo o dia deitada sobre a cama, vendo pedacinhos de floresta. Agora, quando fecho os olhos por algum tempo, é no fundo das pálpebras que minha mãe passa, ela já dispensa o espelho. Seria velha e grisalha se vivesse? Ou lutaria contra o tempo, as plásticas, o cabelo pintado, depois a expressão hirta e artificial, as mãos como garras, o cabelo tingido mas ralo no alto da cabeça, o tempo rindo com os cacarejos de um anão?

•

Madrugada diabólica: ventania, portas e venezianas batendo, chuva fortíssima. De repente alguém chora. Quem chora tão alto, neste barco sem rumo? Não deve ser a Velha: levaram-na daqui sem eu saber, quando notei, sua porta aberta mostrava apenas o colchão virado, os armários abertos, tudo vazio. Estive tão distraída na minha infelicidade que perdi o contato com ela.

Mas alguém chora alto, desconsoladamente, na Casa Vermelha.

Vou espiar quem é: a Mulher Manchada? Hoje deu um estranho espetáculo: apareceu num vestido branco, bem decotado, braços nus, revelando sua pele rendilhada até onde era possível. Está sem a revista; ainda não olha para ninguém, mas nota-se que ostenta sua doença como um ornamento. Os estudantes assobiaram discretamente quando ela entrou, numa saia rodada. Usava grandes brincos.

É o Anão que caminha no corredor. Chora alto, arrastando atrás de si um travesseiro, como um bebê que, acordando assustado, sai pela casa à procura da mãe e leva seu travesseirinho.

Não posso acreditar, mas é ele, ele quem chora.

Assombro: o meu Anão, cínico e obsceno, sábio e clarividente, estará me pregando mais uma peça? Vai virar-se logo e rir na minha cara?

Mas ele prossegue; e nem me notou. Anda em ziguezague como se estivesse bêbado, ou cego de tanto chorar.

Chora, o meu homenzinho mutilado, e arrasta o seu pequeno travesseiro sobre as tábuas. Chega perto da escada: antes que se vire e me veja, entro no quarto, fecho a porta devagar. Abro a veneziana: parou novamente de chover, começa a clarear sobre a floresta, o céu é uma seda clara sobre veludo em vários tons de verde e negro.

O Cego está no seu posto: faz dias que não o vejo. Para meu espanto, além de madrugar, veio sem óculos. No primeiro fulgor da manhã, suas pupilas rebrilham como escamas. Tenho certeza: é em mim que se grudam.

Fecho a janela, deito-me, e penso que também amanhece na minha antiga casa, onde Marcos dorme abraçado à nova namorada, e meu filho segura o seu ursinho de pano.

•

Marcos poderá ser pai e mãe de Lucas. Meu pai tinha quase todo o espaço ocupado. Um dia, cheguei em seu escritório: minha mãe estava sentada no chão, cabeça no colo dele; os dois imóveis nem notaram minha presença. Fechei de novo a porta, silenciosa como tinha chegado. Deixei-os com seu estranho amor.

— A Velha bateu as botas — diz o Anão sentado na cômoda, balançando as pernas. Nenhum de nós falou no seu pranto da outra noite; nem naquela ocasião em que ele chegou perto da Velha no telhado. Não tocamos em tais assuntos.

— Não chateia — digo, fingindo ler. — Devem ter levado para um hospital.

— Estou falando da velha *freira* — ele pronuncia a palavra com uma alegria maldosa.

A minha Freira? Meu coração salta na garganta, não, *não*.

— Deixa de ser bobo, o que você sabe dela? — Mas lembro que o vi um dia no colégio, no guichê da secretaria.

— Nada. — Ele salta para o assoalho, ajeita o chapéu diante do espelho, finge que não vê nada de singular ali dentro, nem mesmo aqueles verdes olhos de tigresa. Sai, deixando a porta aberta. Nem se despediu.

Volto para meu livro, que olho sem ler. No começo da tarde, me chamam ao telefone.

— Voz de mulher — complementa a Criada, milagrosamente hoje está sozinha. Se for aquela Voz, me mato. Parece que me esqueceu; eu também a esqueci, na confusão desses dias. Suicidou-se, quem sabe?

Mas é uma vozinha conventual, relatando em tom inexpressivo que Irmã Cândida, "a nossa estimada Irmã Cândida" morreu esta manhã.

— Coração. A senhora sabe, ela não andava bem.

Sabia sim, notara, mas não queria me convencer.

— Resolvemos avisar porque a senhora era antiga aluna.

A freirinha tem um leve sotaque estrangeiro, ou de camponesa. Cretina, cretina. Estou dominada pelo ódio, um ódio fundo contra Deus, a quem por um tempo ela me fez amar tanto.

A voz continua, fornece horários, locais. Desligo no meio da sua fala. Sento-me numa cadeira velha, no velho salão de refeições. Meu coração é um tijolo áspero.

De repente, levo um susto: um gato, ou cachorro, funga junto da minha perna sob a mesa diante da qual me sentei depois do telefonema, digerindo a dura perda daquela morte. Levanto a toalha, espio: é o Anão, encolhido sob a mesa, fazendo cócegas na minha perna. Dou-lhe instintivamente um pontapé, que acerta, ele solta um ganido, sai rastejando de baixo da toalha, foge para a varanda, onde se esconde.

— Seu *filho da puta!* — grito, com toda a dor do meu coração. Pesada de luto, subo a escada e me preparo para mais um velório de minha mãe.

•

Velório de freira é ainda mais irreal que os outros. Ou deveriam ser todos assim? Ninguém chora, apenas uma freira velha assoa o nariz de vez em quando. As jovens andam por ali, discretas, mas já não se usa enfiar as mãos nas mangas do hábito, andar de olhos baixos, como Irmã Cândida ainda fazia. A maioria veste roupa comum, ou o hábito claro de verão. Arranjam uma flor aqui, um círio ali. Nesta casa, todo mundo respeita a vontade de Deus, mas eu queria era dizer:

— Quero que a vontade de Deus vá à merda, como meu irmão Gabriel já foi.

Qual teria sido o mistério pessoal de Irmã Cândida? Alguma vez amou? Alguma paixão a devastaria? O que realmente sentiu pela perturbada adolescente que fui?

Lembro as explicações dela sobre vocação, sobre relação entre freiras e alunas; sobre sacrifício, renúncia, seus temas queridos.

Lembro as tardes em que me davam permissão de assistir às cerimônias vespertinas na capela, só as freiras e eu, as doces vozes cantando. "Boa noite, meu Jesus", incenso e lágrimas de emoção pela beleza de tudo.

Escrevo um bilhete numa folhinha arrancada da minha agenda: *Me ajude por favor*, e enfio disfarçadamente entre os dedos gelados da minha amiga, debaixo das contas do rosário preto.

E cá estou eu, órfã, mais uma vez.

•

(É um cortejo fúnebre, mas não há caixão. Levo pela mão meu filho, inundada de alegria, há quanto tempo não sou feliz? Mas de repente não é mais ele: é o Anão, sua pele áspera, um sapo entre meus dedos.

— A vida é dura — ele coaxa, andando a meu lado.

— Deus é grande, Deus é grande — entoa Irmã Cândida, mas não me conforta, seu hálito é quente na minha nuca. O anão vai ficando para trás, salta nas minhas costas, engancha as pernas no meu pescoço, "a vida é dura, a vida é dura", e começa a me estrangular.)

•

Visitar Gabriel é mais importante do que velar mortos; ou é a mesma coisa? Ele está como morto, cheira a sepultura, a latrina. O menino de Antônio poderia bem morar neste quarto.

Gabriel não pode mais ficar aqui; terei de apelar para Marcos: Sei que você me detesta, mas seja caridoso, cuide de meu irmão louco.

O cheiro de fezes mistura-se ao de desinfetante.

Bolhas de lama, poço da memória, as coisas que procurei esquecer. Voltar do internato e encontrar meu pai rodeado de médicos, meu irmãozinho no meio dos próprios excrementos. Prognóstico? Sombrio. Mais tarde eu me lembraria do termo: na Faculdade, brincávamos entre nós: a vida é uma doença crônica, de prognóstico sombrio.

Gabriel está deitado sobre um plástico na cama, inteiramente nu, o corpo branco e liso como o de uma moça. Olha o teto, um anjo aparvalhado. Ou maligno. Nem parece notar que cheguei, mas sabe que estou aqui. Fico imóvel, o Enfermeiro respirando pesadamente às minhas costas. Meu Deus, o mundo é uma latrina?

De repente Gabriel soergue os joelhos, passa a mão no traseiro, depois vai desenhando alguma coisa com fezes na parede; ele parece uma fonte inesgotável de imundície quando está nesse estado. Vou até a janela: se pudesse, vomitaria a vida. Suicidar-me assim, vomitando a vida pela boca, não quero mais, não quero. Puro nojo de viver.

Espio meu irmão; ele já traçou mais linhas, parece uma grande letra, um M maiúsculo.

Talvez ele escreva *merda*. Merda de vida, irmãozinho.

— A senhora tem de avisar seu marido logo, a Madame disse que vai chamar a polícia.

Então ele conseguiu ver a invisível megera.

— Claro. Claro! — estou irritada. O homem cheira a suor e aflição, ele não tem culpa de nada, ao contrário, mas isso me irrita ainda mais. Nova humilhação: Marcos, eu te abandonei, com nosso filho, mas por favor, por favor?

Perco a noção do tempo: a floresta, seus veludos cinzentos e verdes, o crepúsculo. Quando me viro para sair, Gabriel completou sua obra na parede. Não escreveu nem *merda*, nem *morte*, como pensei.

Na sua letra infantil, o pobre louco desenhou caprichosamente a palavra MÃE.

•

8 | *Antes de pegar no sono, lembro-me da Voz*

Antes de pegar no sono, lembro-me da Voz. Parece ter desistido realmente de mim: afogou-se também na própria lama? Que palavra essa pessoa, mulher, homem ou anão, escreveria na parede?

Sinto que não me procurará mais. Talvez fosse uma dessas mulheres, lindas na juventude, sem outra atividade senão ostentar essa beleza; ao envelhecer, sua máscara rija revela uma alma árida. Têm medo de sorrir, mas as rugas chegarão inexoráveis, instalando-se nelas como vermezinhos. O começo da destruição.

Alguma mulher desesperada me escolheu ao acaso, quem sabe, para se vingar do tempo e da vida? O Anão talvez saiba a resposta.

Minha mãe hoje seria uma velha assim, se fosse viva? Restos da beleza antiga, cheirando a perfume, bebida e velhice. E medo: o cheiro dos quartos de hospital, o cheiro da Moça Loura.

Se fosse viva, como seria a voz da minha esfinge?

•

Cascalho colorido na velha colcha: meu caminho de fantasias. Certa vez meu pai disse à minha mãe, é preciso tampar esse frasco, as crianças podem meter isso aí na boca.

— Se a gente engole as pedrinhas da Mamãe, morre? — indaguei do Anão aquela vez.

Ele apenas retrucou:

— Experimente.

Agora arranjo-as em desenhos na cama. Quando eu era pequena e não queria comer, meu pai fazia desenhos no prato: uma cara de palhaço, nariz de tomate, olhos de feijão, boca de pimentão, cabelo de cenoura. Eu comia, desfigurando a careta do prato. Mais tarde fiz isso com Lucas.

O Anão entra no quarto, pára junto de mim. Traz consigo um odor indisfarçável. Será que ele andou visitando Gabriel?

Senta no chão, e de repente diz:

— Você lembra o dia em que Gabriel matou seu gato?

•

Minha mãe tinha medo de bichos, de modo que não havia animais em nossa casa. Depois que ela morreu, porém, tive por algumas semanas um gato que apareceu no jardim. Eu levava pires de leite, carne moída. Pegava no colo, gostava dele. Foi meu único bicho de estimação.

Mas tive de voltar para o internato. Nas cartas meu pai dizia que tudo estava bem em casa, e isso incluía o meu gato. Mas quando cheguei num feriado mais longo, a notícia: o bicho fugira, nunca mais tinha aparecido.

— Gato fica em qualquer lugar onde dão comida — disse a velha cozinheira. — É bicho sem afeição.

Fiquei triste mas logo esqueci a história. Gabriel ainda estava em casa, mas já difícil de lidar. Um dia, por alguma razão, aborreceu demais a empregada. Escutei-a ameaçando de me contar alguma malvadeza dele. Pressionei-a e, por fim, ela revelou tudo:

Num acesso de ódio Gabriel tinha esquartejado com uma faca de cozinha o meu gato ao qual a cozinheira se havia afeiçoado.

O gato estava morto há meses, mas lembrar aquele relato o ressuscitava em mim. E cada vez eu chorava, não sei mais se pelo bicho morto, ou pelo que aquilo me fazia reconhecer de terrivel no meu irmão.

Mas só depois que o Anão saiu do quarto, há poucos instantes, lembrei que, naquela época, ele há muito não morava na casa de meu pai. Como tinha sabido da história do gato?

•

(Estou diante de uma mesa cirúrgica: cesariana. Fiz centenas na vida; conheço de cor o ritual. Sei onde piso. Mas desta vez entendo que não é para tirar dali uma vida, e sim para enfiar ali uma morte. Tudo terrivelmente errado. Alguém coloca nas minhas mãos o bebê que preciso meter nesse ventre aberto, mas não é um bebê: é o Anão, encolhido, nu, sem chapéu. Não vejo o rosto da paciente, mas sua barriga está inundada de sangue, um charco que borbulha. Largo o Anão sobre uma mesinha, meto as mãos naquele poço, retiro vísceras emaranhadas, para fazer lugar. Finalmente o deito ali dentro, minhas mãos tremem de horror.

— Precisa suturar agora — alguém diz. Começo a costurar com grandes pontos, negligentes como via costurarem os perus recheados em nossa casa.

Termino, olho minha roupa ensangüentada. Sangue nos ladrilhos do assoalho, onde vejo, a um canto, os óculos de meu Anão.)

•

Café, banho e decisão tomados. Alívio e sonolência. Aperto os dentes: sei qual a casa para onde preciso ir. Minha mãe foi uma floresta de enigmas: descobrirei uma entrada e uma clareira, para saciar minha sede de amor e abrigo.

Logo alguém vai ocupar o quarto de minha velha amiga, consertada aquela parede úmida; Antônio vai conhecer uma mulher generosa; o Anão vai desaparecer enfim nos armários do tempo; Gabriel vai afundar no redemoinho da sua cloaca, o grito gravado em merda nas paredes do mundo, ecoando nos grotões onde há ratazanas e cogumelos.

Esta manhã, no café, éramos só a Mulher Manchada e eu. Os estudantes não aparecem mais: grandes e suados, foram-se para as férias. A mulher, que antes parecia freira, continua com seus decotes, brincos e pulseiras tilintantes. Só a reconheço por causa da pele, a obrigo-me a não olhar demais.

Quero morrer, mas ainda desço para uma refeição.

Deus é grande, Irmã Cândida?

Agora sento-me na cama, enrolada na toalha rala; estou me adaptando à decadência; em breve, não importará mais.

Levanto-me para fechar a janela. A toalha cai, e quando vou fechar a vidraça, o Cego, rosto voltado para mim, masturba-se convulsivamente.

Viro-me para dentro. Vomito no chão do quarto. Arrasto-me para a cama, com minhas pernas amputadas, a dor, a dor. E fico repetindo:

— Meu Deus. Meu Deus — com uma voz que não parece a minha. Digo isso até me doer a garganta, apertada de medo, nojo, ansiedade.

Seguro nas duas mãos o frasco de bolinhas coloridas, como quem agarra uma vela para morrer. Elas são tudo o que me resta, e por que não? Talvez assim minha mãe esteja me acolhendo afinal.

•

Um débil rumor, um miado fraquinho. Com dificuldade estendo a mão e acendo a luz do abajur. Escamas nos meus olhos. Então já é noite: e ainda estou aqui.

Os miados se repetem. Estertores que povoaram meu sono? Mas eu não tinha morrido, não tinha engolido todos aqueles comprimidos e com eles a minha salvação?

Depois, um longo silêncio, no qual não consigo pôr as idéias em ordem.

— Meu Deus —começo a dizer, confusa. — Meu Deus.

Sento-me na cama, pisco para espantar a vertigem, estou tonta. Então *vejo*.

Deitado no meio do quarto, na sua roupinha preta, chapéu tombado de lado, o meu Anão. Encolhido, imóvel e preto. Mas não há sangue, de novo não há sangue.

Era ele que chorava tanto? Ou um daqueles gatos vadios? Ou ele tem um gato nos braços, que daqui não vejo, e tudo é uma brincadeira macabra?

Digo seu nome; ele tem um nome de anão.

Nada.

Saio da cama, nua, agarro-me à cabeceira para não cair, depois me apóio na cômoda, sem olhar o espelho. Ando como quem caminha pela primeira vez depois de uma longa enfermidade.

Chego perto dele; inclino-me, agora amparada numa cadeira. Toco nele com a ponta dos dedos: imóvel. Não vejo seu rosto, voltado para o assoalho.

Mexo nele com mais força, então rola de costas. Olhos abertos fitam sem me ver. Vazios. Uma formiga preta sai de sua boca, atravessa rapidamente a velha cara.

Morreu. O meu Anão morreu.

Morreu?

No chão, junto de sua grande cabeça, as pílulas que não chegou a tomar. Um corpo tão pequeno, uma dose leve tinha sido o bastante.

Morreu.

O meu homenzinho mutilado tomou a minha morte; usurpou a minha liberdade, me obriga a completar o círculo da minha procura aflita. Ou saberia que talvez haja saída? Que afinal conseguirei conviver com toda a solidão, a loucura, a merda toda, a culpa?

Ajoelho-me, quero lhe bater.

— Volte, seu monstrinho, volte, o que foi que você fez?

Mas ele está quieto; e frio. Pobre gato preto que Gabriel esquartejou nos começos de sua doença. Os sapatos rombudos.

Não sinto mais medo dele; sinto pânico da vida, e agora estou sozinha. Encosto o dedo na sua mão gelada. Mortos levam tempo para esfriar, mas este, que deve ter morrido há pouco, está tão frio.

Ajoelhada a seu lado, chamo alto por ele, aos soluços:

— O que foi que você fez comigo, o que foi?

Bato nele de punhos fechados, como louca, o corpo inerme rola para lá e para cá:

— Seu merda!

Já chorei assim alguma vez, eu, que tenho chorado tanto? O choro de quem dá à luz a si mesma, abre as pernas dolorosamente e sai dali entre gemidos fundos, sangue e gosma.

Deito-me junto dele: eu o amava. Como a um filho, ou como a um pai? Meu homenzinho, parte de mim, fruto das minhas trevas e nostalgias, companheiro de exílio.

Quero tomá-lo nos braços; sento-me desajeitadamente no assoalho, tento pegá-lo, mas ele pesa; mortos pesam inacreditavelmente; está todo mole, e pesa. Não pensei que anão pesasse tanto: esse aí é de chumbo.

Então apenas o sustento num braço, como a uma criancinha que se vai amamentar.

•

O que se faz com um anão morto?

Noite na floresta; noite no beco; noite neste asilo de lunáticos, do qual faço parte. Espio pela janela: o Cego que se masturbava foi embora.

Restos de vômito no assoalho; meu pé descalço pisa na massa repugnante; logo estarei cheirando feito Gabriel. Que importa?

Pego o Anão por um braço e uma perna, arrasto-o até a janela, onde com enorme esforço consigo levantá-lo no colo. Ele pende torto, o bracinho caído, a cabeça mole como a do filho de Antônio.

Este aqui foi o filho da minha solidão, da minha orfandade, da loucura de Gabriel, da sede de minha mãe, filho do pântano que nos engole a todos.

Ergo-o até o peitoril, ofegante. Estendo os dois braços: deixo que role e tombe na calçada, com uma batida cava. Não há vento nem luar nem gatos nem gente nem sonâmbulos na noite.

Matou-se por mim, o meu Anão, humilde como um bicho no chão do quarto.

Fecho a janela; estou exausta. Quando pela manhã vierem recolher o lixo, uma pequena pá será suficiente.

Sento-me na cadeira, braços caídos, cabeça baixa. E posso antever tudo: no alto do caminhão de lixo, em cima do último saco de plástico azul, um gato preto, morto, que acharam na calçada.

— Atropelado — diz um dos homens.
— Gato não tem sete vidas? — pergunta outro.

— Seu burro, esse aí não tinha — comenta um terceiro.

— Burro era o gato — retruca o primeiro, e vão trotando atrás do caminhão que leva as imundícies da Casa Vermelha e se afasta devagar. As risadas deles ecoam na manhã perfeita.

•

Procuro nas gavetas a carta que escrevi para Lucas. Rasgo-a. Vou voltar, meu filho. Marcos não vai me querer, tem outra namorada; Lucas vai me estranhar; mas esse é o meu caminho. Para casa, para casa. Visto qualquer coisa sem olhar o espelho, nem na cômoda, nem sobre a pia do banheiro: deixei de contemplá-los.

Antônio pesa no meu coração como um morto. Pobre de você, meu querido, pobre de você... e pobre de mim, que não consegui amar de verdade, e continuo viva.

Ninguém me vê sair da Casa Vermelha. Há luz acesa na cozinha, mas as Criadas ainda vão demorar a pôr as mesas para o café, só a Mulher Manchada e eu, provavelmente. E o Enfermeiro, é verdade: Gabriel tem de ser removido, como um gato esquartejado ou um anãozinho morto.

O caminhão de lixo terá passado? Saio da casa, mas procuro nem olhar a calçada. Estou indo, estou indo. Vou tomar rumo.

Ainda não consertaram aqueles arames farpados. Primeiros passos, tropeçando. Cheiro de mato, almíscar, musgos úmidos. Decomposição e nascimento, cogumelos saltando do esterco.

Depois meu passo se firma. Aqui e ali, reflexos verdes: ratazanas não têm olhos assim.

Aqui haverá enfim lugar, como nunca tive. Avanço rápido, arfando:

— Mãe, mãe...

Não me quis a morte: o Anão assumiu todo o meu espaço dentro dela. Fiquei de fora. Mas posso me aninhar num regaço transitório entre essas raízes cúmplices, no chão eterno. Auscultar o coração emaranhado das coisas, que empurra as torrentes da vida e da morte que nos levam.

Talvez eu não consiga chegar em casa. Talvez, chegando, eu não possa ficar. Quem sabe? Mas eu vou seguir em frente.

●

ah solidão de exílio encerrada
ah frios grotões de sombra e susto
ah trilhas de nostalgia de mim
ah esses meus passos infindos
ah orfandade, ah cálidas fezes
ah caudas inquietas e fantasmas tristes
ah vida esquartejada
ah chão de passarinhos mortos
ah maldita
ah venerada
amante morte malefício e sorte
ah compassiva mãe
  enfim

●

Este livro foi composto na
tipologia Electra, em corpo 10.5/15,
e impresso em papel off-white 90g/m²,
no Sistema Cameron da Divisão Gráfica
da Distribuidora Record.